太陽神的子民

陳英雄　著

晨星出版

contents 目錄

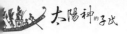

由文學找回部落傳承脈絡

浦忠成／族名巴蘇亞‧博伊哲努

（考試委員、中國文化大學兼任教授）

　　陳英雄又交出一部長篇小說《太陽神的子民》，是以部落的領袖家族發展為主軸寫出的歷史小說：在台東縣大武鄉大竹高溪畔有一個部落稱「多娃竹姑」，「麥塞塞基浪」（酋長）布拉魯彥帶領著族人，以「丘卡父龍」（大武山）為起源聖地，崇拜著太陽神「啊達喔剌麻斯」與山神、海神、獵神、穀神與各類精靈，在祖先活躍過的土地山川耕作、採集與狩獵，度過有時候是平靜悠閒、有時候又是動盪難安的歲月。他們遵守祖先的訓示與神靈隨時在環境中顯現的徵兆，在一定的時節虔誠的奉行各種必要的儀式，獻上合宜的祭品，認真的負起自己的責任，堅持遵守部落的規範與禁忌，毫不計較結果是什麼，最大的期望是讓部落與族人繼續繁衍下去。這是平凡而高貴的人格與情操，以前存在於台灣島上千百個部落。陳英雄這本新書《太陽神的子民》就是敘述這樣的部落故事。

　　「麥塞塞基浪」年輕的兒子──谷灣，正在父親的提攜下逐漸成長，他已經熟悉了豐年祭、五年祭與獵首的儀式程序，也能帶領著族人到鬼湖狩獵，尋找盛產魚類的溪流捕魚，然後將豐盛的收穫分享給部落的族人。這位英姿煥發的青年領導人曾在鬼湖附近跟猝然遭遇的巨熊搏鬥，他刺死了巨熊，但是左耳被熊掌拍掉了。當逐漸年老的「麥塞塞基浪」回到祖先聚集的大武山時，谷灣順理成章的成為部落的繼任領導人。不過，已然熟悉部落傳統的谷灣擔任「麥塞塞基浪」時，新的時代環境來了──新的

「老迪亞」(「老迪亞」原指漢人)——日本人來了,新環境的適應模式迥然有別於傳統。

日本人為了籠絡邦累(今台東縣大武一帶)排灣族部落族人,特地召集附近所有部落頭目舉辦講習會,但講習會中日警卻是態度倨傲蠻橫、百般威嚇,同時意欲挑撥來自各部落的頭目,讓族人彼此猜忌,破壞彼此間的情誼與默契;這讓谷灣極為擔憂,便私下在「麥塞塞基浪」中間揭穿日人的陰謀。這讓日警震怒,於是毒打並監禁谷灣這位深受族人愛戴的「麥塞塞基浪」。講習結束,奄奄一息的谷灣也回到「多娃竹姑」部落。遭受前所未有侮辱的谷灣,在部落中表面顯現的極度克制,而內心卻早已盤算好要向大武日警駐在所發動反擊;就在某一天凌晨的突襲中,谷灣與部落的青年戰士成功獵下長島部長等數人的頭顱,也埋下「多娃竹姑」部落逃向更遠山區的命運。

谷灣生下嘉淖,長成青年後,同樣是勇敢而具備膽識的「麥塞塞基浪」繼承人,卻在攜帶皮貨到邦累街上販賣時遭日警逮捕,莫名其妙地被送進高砂義勇隊訓練所。時值太平洋戰爭激烈進行的階段。被送到菲律賓森林參戰的嘉淖,後來在日本投降後遭美軍俘虜,輾轉回到部落。後來成為戰後「多娃竹姑」——改名大竹村的首任村長。他與愛妻谷娃娜生下陳少龍,這時候「麥塞塞基浪」的傳統地位逐漸式微,少龍走上警察之路,同樣表現得極為出色,用不同的方式彰顯「麥塞塞基浪」家族的特質。

　　這是一部綿長而壯觀的口傳故事，生動而傳神的敘述著「多娃竹姑」部落如何從完全獨立自主的環境，逐漸的進入外來殖民者陸續進入（或侵入）台灣時的複雜時空。陳英雄以說故事的方式依次陳述，有時候遇到糾結的內涵，他會稍作停頓，仔細闡釋其細節與關聯處，讓閱讀者隨著情節的發展，漸漸融入其間的氛圍；到了某種抒情的場合，又運用吟唱或歌誦的形式，讓閱讀者的情緒隨之昂揚起來。這是不著痕跡的將部落口述藝術轉換於文字書寫的手法，曾有部落生活體驗的人才能熟悉這種方式。不過，在小說的後段，陳英雄仍然延續著他早年在警界寫作時「對於國家的絕對忠誠」，尤其對於比較國民政府與日本殖民統治的殊異處，尤其明顯。他早期的作品就曾經出現過溫文儒雅的公務員，代表國家的形象，其熱心服務與對人的純情讓部落女子甘願為之殉情；這一回，扮演國家代表的是駐防大武海邊的海防部隊軍官，同樣是斯文有禮，信守承諾，在部落貴族邀請到部落參加豐年祭時，落落大方，贏得族人的敬重。在族群接觸的場合，陳英雄顯然是選擇不要刻意製造衝突的可能，除非有一方是明顯的站在壓制、迫害的位置，像後來遭到襲擊的長島部長等。作者顯然對於「老迪亞」是懷抱著善意的，不過，衡心以論，「老迪亞」對於台灣原住民族部落的「非善意」其實應該與前後來台殖民者毫無二致，只是其人數已經龐大到能自命自尊為台灣人，而原來的台灣人早已沉淪到台灣社會結構的最底層，只是被壓迫、被殖民久了，自己卻忘記自己的苦難是如何、是誰造成的。這種危機意識的忽略，正是陳英雄作品被人爭議的焦點。

　　當台灣社會仍然處在白色恐怖的肅殺氣氛時，陳英雄就在1971年出版《域外夢痕》，堪稱戰後原住民最早的文學作家；惟他在1980年代原住民族抗爭文學出現的時候，已經因為寫作之路

寂寞而形同封筆，所以有一段時間當研究者討論所謂「原住民文學」時，他的名字經常是被遺忘的；同時，因為他的作品存在一些對當時執政者的頌讚之言，所以竟然被視為是「反原住民」的文學作品。其實那是他在警察生涯的獨特環境養成的態度，如果文學就是要表現時代環境、說出自己內心的想法，則陳英雄的作品就是真實呈現他所處時空的真情作品，何況他筆下的作品有更多的是取材自部落的口碑與典故。因此，討論原住民族文學，忽略陳英雄是一種偏執。近年來，自警界退休的陳英雄雲遊四方，行蹤不定，但是偶而還是會聽到他仍然執筆為文的消息。這次他的新書要出版了，算起來他是原住民族社會中很資深的老作家了。在他的小說出版之際，特撰寫書序推薦，表示對他的敬意。

2010/6/10於木柵

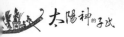

但願太陽光芒再現

陳英雄／族名谷灣・打鹿

　　《太陽神的子民》是筆者從事寫作四十餘年來的第一部長篇小說。老實說，對於一個僅初中畢業後再唸一年警察訓練的原住民孩子來說，寫作的確不是一件容易的事！不過，當我幸運地邂逅了當代作家盧克彰以後，在他耐心的指導與教誨下，我居然能寫出一些像樣的文章來，這是托啊達喔剌麻斯（排灣族語：太陽神）的魔力，才能有今天這小小的成就！

　　先父嘉淖・打鹿承繼了先祖父「葛其格其本」（族語：祭祀長）的貴族地位，而先母谷娃娜——麥多力多麗也接受了部落「甫力高」（族語：巫師）的訓練與陶冶，使她成為部落最受敬重的巫師。因此，族裡的婚喪喜慶，都有先母的身影。我身在如此宗教色彩濃厚的家庭裏，也在耳濡目染下深深體會到排灣族人不平凡的生活！

　　猶記得小時候生病時，先母往往會取出她的祭刀和一把獸骨，站在我面前施法，只見她口裡念念有詞地說一些兒童們聽不懂的祭神語言，再拿法刀將獸骨一小塊一小塊地刮下，配合她的咒語施法，我就靜靜地坐在她面前，強忍頭痛或牙痛，任由母親將法刀自我頭上一路往下滑落，再將雙手合十，走到門口一送！口裡還配合著說：「呸，呸，呸！」地把惡靈從我身上驅趕出去！

　　很神奇的是，我第二天醒來時，不再頭痛，也不再流鼻涕，神情清爽的好起來了！非常可惜的是，多年以後，西洋宗教挾著麵粉、奶油及牛奶等等新型物質入侵原住民社會，我們原有的宗

教信仰因此而被替代了。

先母捨棄了她的巫師身份，帶領我們全家信奉了天主教，不久後的一九五七年九月十三日，先父不幸逝世，我們也捨棄了排灣族人傳統的室內葬，將先父的遺靈依天主教的方式埋在部落的墳場，並樹立了木製的十字架，排灣族人的末代「葛其格其本」於焉結束了！

我無意反對西洋宗教的傳入，因為本身已是一名虔誠的天主教徒；不過，自從西洋宗教傳入原住民社會後，族人太過虔誠而輕易地捨棄了自己數千年的宗教信仰。因此，筆者基於拯救本土宗教與固有文化起見，乃費時半年以上的時間來創作本文，期使族人有所警惕與醒悟！排灣族人的風俗習慣非常珍貴與完美！祖宗們流傳至今的「巴力西彥」（族語：指禮拜太陽神、山神、水神、穀神……諸神的意思。）不但不是邪教，還是具有數千年悠久歷史的珍貴文化！我們不但不能捨棄它，更應以非常尊敬的精神去將它發揚光大才對！唯有如此，啊達喔剌麻斯的神奇力量才會更照顧吾族吾民！

另外，非常感謝文化總會李美美小姐的鼎力幫忙，很辛苦地將筆者介紹予晨星出版社，才能使得本書公諸於世，讓排灣族的優美文化呈現給世人，謹致十二萬分的謝忱！

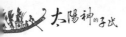

重要人物關係表

布拉魯彥	排灣族「多娃竹姑」部落的麥塞塞基浪（酋長）。
莎婉	排灣族「多娃竹姑」部落酋長布拉魯彥的妻子。
谷灣	排灣族「多娃竹姑」部落酋長布拉魯彥的兒子，後來繼任為酋長。
嘉莎	谷灣在部落裡的戀人，後來成為谷灣的妻子。
葛其格其本	祭祀長、巫師的領袖，亦為部落裡青年戰士訓練會所的指導老師。
巴拉卡萊	是祭祀長、主祭者，同時也是副頭目、部落的行政長官。
陳老闆	在大武橋邊開設雜貨店，供原住民購買日用品的閩南人。
奔那迫迪	排灣族「加黑力客」部落的酋長，和谷灣關係友好。
長島裕次郎	日本警官，官銜大武警察部部長，對排灣族人施以侮辱、凌虐。
多納・巴伐發龍	「拉里巴」部落的酋長，邀請谷灣參加其部落的五年祭。
佐佐木正吉	日本警官，官銜台東警察支廳長、郡長，大武警察部部長長島裕次郎的長官。
熊本	日本警佐，佐佐木正吉的下屬。
石島	日本警目，熊本的下屬。
嘉淖	排灣族「多娃竹姑」部落酋長谷灣的兒子，被日本人捉去南洋充兵，並被取日本名「大山一郎」，軍銜二等兵。戰爭結束後回到部落成為大竹村村長。
陳德春	雜貨店陳老闆的兒子，在父親過世後繼續經營雜貨店生意，和嘉淖是好朋友。
西田	日本軍官，軍銜下士官，嘉淖的長官。
谷娃娜	嘉淖在「多娃竹姑」部落裡的情人。

多納	排灣族人,是嘉淖的舊識。
法賽	「丘娃炸卓」部落裡的一個勇猛獵人。
秋姑	來自「加津林」部落的一個溫婉女子,和法賽互相愛慕著。
法度	「加津林」部落的酋長,也是秋姑的父親。
勞洛	「加津林」部落的族人,和秋姑自小是青梅竹馬的玩伴。
林排長	中華民國陸軍排長,因收留受傷的「多娃竹姑」部落族人而認識嘉淖。
陳少龍	大竹村村長嘉淖的兒子,長大後成為警員,並因表現優異被拔擢為多良派出所所長。
洪春木	大武警察分局局長,陳少龍的長官。
駱東隆	勤務指揮中心組長,隸屬大武警察分局。
李天才	達仁分駐所警員,隸屬大武警察分局。

楔子

丘卡父龍（排灣族語：最高峰的意思，即指座落在台灣東南方的大武山。）像一名英勇的排灣戰士，靜謐地矗立在雲霞籠罩的崇山峻嶺上，威武地俯視廣袤的大地……。

蜿蜒在深壑峽谷中的蓋嶺巴納（族語：巴納是溪流的意思，蓋嶺是溪流的名字，就是現今台灣東部的大竹高溪。）有如一條在拚命掙扎、迴旋的巨蟒，隨著丘卡父龍峻峭的山勢，迤邐地奔向茫茫的太平洋中……。

千百萬年來，這條分隔太麻里、達仁與大武的神祕河流，有如一條無形的巨索，縮繫著沿岸十數處排灣族人的部落！這些管做「大力力格」、「丘卡谷萊」、「土娃巴勒」、「古拉辣武」、「拉里巴」以迄靠近太平洋濱的「多娃竹姑」等等部落，都在人類文明濫觴初期，就已在這裡定居了。

這一條平時溫和友善的溪流，默默地哺育了兩岸的排灣族子民，族人們也一直視她如母親般地尊敬。

然而，每年颱風季來臨的時候，溫柔的母親在風雨的催化下，變成了一頭沒有理智的猛獸，凌厲地撕毀大地，無情地沖走溪流沿岸的片頁岩以及無數的動物或植物。

它挾帶著驚人的氣勢，有如萬馬奔騰般，在狹窄的山谷裡翻滾、激盪、咆哮！

於是，千年古木從岸上被拔下，投入滾滾的激流中，隨著泥漿、巨石、木材以及動物的屍體，向浩瀚的太平洋沖瀉而去。

野獸們驚慌地奔逃樹林裡，飛鳥也躲進了搖擺的森林中，無助地顫抖、哀鳴……。

La chimas nowa Adawu, malowaga vunali!

太陽神啊！停止颱風呀！

La chimas nowa Adawu La, masalowalavachamen!

太陽神啊！我們非常感激祢呀！

La chimas nowa Adawu La, pakegawugavi yaniya kepakolig an!

太陽神啊！請祢接受我們的最虔誠的禮拜吧！

……

族人們聚集在石砌的祭台前，虔誠地跪向太陽神像，祈求偉大的神明原諒他們所犯的戒律！

La chimas nowa Adawu La, masalowalavachamen!

太陽神啊！我們非常感謝祢！

……

強風依舊肆虐，雨勢像鋒利的番刀一樣橫掃大地，人們在恐怖的陰影中顫抖……

——ma—ei—na—chap!

突然，一聲淒厲的哭叫劃破長空，迅速地瀰漫整個方場！

那句話，是一句令人毛骨悚然，卻又使人振奮的「出草殺

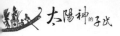

人」！

於是，人們在頃刻間變成了突然聞到血腥的吸血蟲一樣，情緒高漲，異口同聲地高聲喊叫！

——麻—依—那—炸—迫！
——麻—依—那—炸迫！
——麻—依—那炸迫！
——麻—依那炸迫！
——麻依那炸迫！
……

漸漸地，人們的吼叫聲隨著節拍越來越急促！加上咚、咚、咚的戰鼓聲，使整個山谷淹沒在吵鬧的聲浪中！

族人開始痛哭流涕，一個個爬伏在巨石雕刻的太陽神像前，強烈地訴說他們內心的感受。壓抑已久的那種殺人祭神的情緒，此時此刻，隨著人們亢奮的叫囂，又重新被點燃了。

……

當然，仁慈的太陽神是不准許族人們發生殺人祭神的事！只不過，既然人們有過這樣的祈禱，既然族人們有過殺人祭神的前例，既然族人的後代子孫有傳承的想法，既然……

自然，殺人祭神的事也就時有所聞了。

這條桀驁不馴的河流，就是如此亦敵亦友地陪伴了兩岸排灣族人好幾千年！數千年的教訓與經驗，人們開始懂得尊敬自然，更學會了如何與大自然和平相處的道理。

這些崇拜啊達喔剌麻斯（族語：太陽神）、百步蛇和死亡的

強悍民族，自從十六世紀被荷蘭人從富饒的台灣西部平原趕到荒涼的東部山區以後，他們漁獵生涯依舊，只是再也看不到那片廣袤的草原了。他們被迫在狹窄的山谷裡生活，艱難地努力適應大自然嚴苛的考驗。

他們曾經愚蠢地拒絕了大明帝國與清朝兩代官府的安撫，卻屈辱地低首於日本人的淫威下，嘗盡了被異族奴役的悲慘歲月……。

然而，啊達喔剌麻斯的子民是從來不屈服的！

排灣族人的性格就像丘卡父龍山一樣的粗獷與倔強！

他們反抗日本人的情緒，就像大竹高溪湍湍奔瀉的流水一樣，日日夜夜，永不休止！

……！

……！

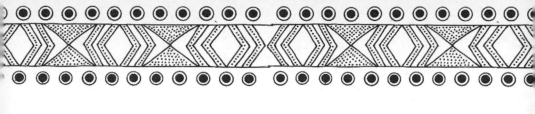

第一部
狼煙

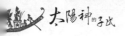

「嗚──喔──」

東方乍現魚肚白，早起的公雞正起勁地報曉時，六名多娃竹姑（族語，即現在的大竹村）部落的麻卡竹逢（族語：青年戰士）在小酋長谷灣的率領下，以小跑步的速度衝向太陽昇起的方向。

這些年齡在十五、六歲左右的少年戰士們，奉了麥塞塞基浪（族語：酋長）的命令，要到蓋嶺巴納的南岸，一處叫做「發福勒岸」（族語：台灣東部的大竹部落）的山谷裡，進行「巴基阿亞默」（族語：測試）的排灣族儀式，以測試這個山谷能不能得到太陽神的允許，讓族人建立新部落！

排灣族人以為，在進行麻依那炸迫（族語：出草祭）、格馬洛捕（族語：狩獵祭）以及像今天這種尋找新部落地點的各種祭典時，出征部隊的人數一定要控制在奇數，否則，寧可取消任務也不可以冒險出發的。

據傳說，這是太陽神在很多年、很多年前就欽定的法律！

另外，太陽神也欽定了有關建立新部落的規則，令族人們奉行。例如：當初次尋找部落建地時，小麥塞塞基浪（族語：小酋長）是當然的領導人；同時，他所率領的戰士人數也不得少於六個，也就是連小酋長計算在內的話，全員人數正好七個，才符合太陽神欽定的奇數！而這種人數在崎嶇的山路上運動時，不會驚擾在山地覓食的動物，不致招來不明敵人的攻擊，深具保密、安全與迅速的好處！

戰士們何以測風向呢？這就是排灣族人能在台灣山地存活了數千年的學問了！

族人以為，如果測試的狼煙不直升天際而瀰漫大地時，對不

起，太陽神不同意族人在這邊居住，快走吧！反之，如果狼煙直升天際的話，恭喜你，那一柱裊裊上升的狼煙，太陽神正在告訴你，可以在這裡建立新部落了！

　　”“Vojay!”” （族語：萬歲！）

　　”“Vojay!””

　　「嗚！」

　　瘋狂的歡呼聲劃破了寂靜的天空，迅速向四周蔓延！

　　於是，空曠的大地充斥著戰士們的歡呼聲。

　　谷灣及他的戰士們，圍著熊熊的火堆，興奮地高跳戰舞。

　　歡樂的音符充斥在方圓不到三公里的山谷裡，興奮的戰士們，忘情的歡呼、叫囂，使整個「發福勒岸」陷入歡笑中。

　　Iyacoli-lavovo la！！

　　伊呀！我們的祖先們呀！

　　谷灣首先以嘹亮的歌聲在曠野下引唱！

　　lmazamen, akasichowachko, posaloeeyamen La！！

　　我們來自多娃竹姑部落，請原諒我們驚擾祢！

　　Namalawulawo wamen towaneyajalan, chumaliya men towaneyajalan Lachimas nawagado！！

　　我們迷路了，偉大的山神，請指點迷津啊！

　　……！

　　……！

　　令人振奮的歌聲由近而遠地傳播開來，戰士們祈求神明的祭歌也一曲曲地唱出來，使整個「發福勒岸」山谷，陷入歡樂的情境中！

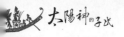

　　谷灣迅速地脫離了這群高跳戰舞的同伴們，走到潤底大石頭上，靜靜地盤算：「這裡真是一個好地方，這溪流的水量並不豐沛，不過，由兩岸長滿了青苔判斷，它絕對是一條終年不渴的活水，適合族人飲用！」

　　於是，他在做了簡單的祭祀後，迅速帶領部隊回到了部落，向老酋長覆命，任務完成！

　　「麥塞塞基浪，我們找到了發福勒岸！」

　　谷灣高興地面告他父親，多娃竹姑部落的麥塞塞基浪。在族人面前，為表示對酋長父親的尊崇，谷灣仍不忘以族民的身分向父親稟報。他說：

　　「發福勒岸真是一個好地方，有一條狹長的平地可以建立部落，而且有長滿青苔的小溪，溪裡的魚蝦多的不得了，我們的族人絕對會喜歡它的。」

　　「甫萊！（族語：很好）」老酋長聽完兒子的剪報後，滿意地說：「很好！」

　　「麥塞塞基浪，」谷灣繼續說：「當我看到『刺服勒』（族語：狼煙）冉冉上升的時候，突然間，我感到一種想哭的衝動！」

　　「那當然，」老酋長感同身受：「每一個有靈性的人，在遇到你經歷的那種情境時，一定會有想哭的感覺！」

　　「卡馬！（族語：父親）」

　　谷灣激動地直呼父親：「發福勒岸向陽的那座小山，我發現了奇怪的東西喔！」

　　「拉古阿拉克（族語：我的孩子），慢慢說！」父親安撫他，輕輕拍了一下他的肩膀……。

　　「你看到的那個東西是『拉符克』（族語：海水），味道鹹

鹹的，煮菜時的佐料！」

「阿滴亞（族語：鹽巴）嗎？」谷灣不相信，那種捲起來的好高好高的，好嚇人的東西會是每餐吃的鹽巴！

「對，阿滴亞就是拉符克曬乾後變成的東西，很奇怪吧？」老酋長不厭其煩的告訴兒子有關鹽的來源！

「根據先人的傳說，拉符克是一種奇怪的『水』，我所以叫它是水，是因為我們把它裝在竹籠（一種用來盛水的竹筒）的時候，拉符克所呈現的是水；可是，當我們試著去喝的時候，它卻是鹹鹹的難以下嚥！所以，它不是水！」

「奴邁達索哇（族語：如果是那樣的話），拉符克是甚麼東西呢？」

「它是一個非常大的嘉淖（族語：水池），一個從來就沒有人看過它對岸的嘉淖！」老酋長告訴他的兒子有關海的知識：「我們的先人傳說，在拉符克的中心位置有一條長長的阿丘費（族語：大蛇）躺在下面。平常的時候，阿丘費不會亂動，也不會吃人。不過，每年遇到了弗那力（族語：颱風）的時候，阿丘費就復活了！它不安地擺動龐大的身體，把拉符克吞食的動物、木材、垃圾……全部堆積岸上。我們族人就乘機去撿拾有用的東西。因此，拉符克雖然可怕，卻也有它可愛的時候！」

「麻紗洛！」谷灣說，謝謝你！

「阿谷西，伊拉法朗！」大酋長說，甭客氣！

父子倆真誠的交談更拉近了彼此間的距離。在那個動不動就亮刀的年代，父子倆能有這種平和、友愛的溝通方式，的確難能可貴！

第一章

La adauwa chimas，aniyamalerkavuvu waga！

太陽神、神祇們以及我們的祖先們啊！

Kegawugavi yaniya keawon la！

請接受我們的祈求啊！

Masalowaavachamen，towanosipakolengau chanowamen，to eneyaga saguchuwamen！

感謝眾神祇們平日的照顧，使吾族吾民不再生病、不再患難！

Gawugavo saneya masalowau chiyanoson！

請接受這一份獻禮，表示我們由衷的謝忱。

Neyachogalan soou ak gomase sechowagau ahpachimamilen！

我們從以前就崇拜您，到現在，一直到永遠！

……！

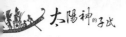

多娃竹姑部落西方那座當地人稱作「嘉洛麥亞山」的山腰上，那一大片茅草不知道打什麼時候起，已悄悄的換裝了。綠油油的茅草新葉取代了枯黃的舊葉，遠遠望去，有如一個即將出嫁的姑娘，正輕輕地搖擺她綠色的裙擺，十分誘人！

「卡拉丘谷坦納卡！」（族語：意指小米播種祭典）

突然，一聲嘹亮的吶喊響起，是部落裡的祭祀長圈起雙手，大聲地宣布：「播種祭要開始了！」

此時，微寒的春風吹拂在人們的身上，又聽到了祭祀長有力的號令後，真的很容易讓人意會到，播種的季節已到，新的一年又即將開始的感動！

「甫拉里森（族語：十五、六歲的青少年戰士）！」大酋長忽然想到了一件事，對著守候門外的少年戰士呼叫：「通知所有的『甫力高』（族語：巫師）馬上集合！」

「是！」兩名少年戰士，一溜煙，不見了！

依慣例，他們先到「巴力西彥」（族語：祭台，供奉太陽神的地方；大多以數塊花崗岩疊起，只在中間部位留下一處小小的空間，當作神祇的住所，供奉一些獸骨或鐵片等物）取得兩付叫鈴（族語：銅鈴）後，分別把它掛在各自的腰際，以小跑步的速度，到甫力高們的住處，通知巫師要迅速向卡拉索單（族語：議事堂）集合！

果然，這種從古代就傳襲下來的動員令發揮了功效，只一會兒工夫，全部落的祭師都到齊了！

葛其格其本（族語：祭祀長）清點人數後，宣布：

「卡拉丘谷坦（族語：春祭）即將開始，大家到卡拉索單集合！」

　　眾祭師們不發一語，靜悄悄地進入了神祕的卡拉索單集結；坐定後，有人按耐不住地抱怨：

　　「去年，我們巴力西（唸咒文）的時候，葛其格其本為了趕下一場，竟漏掉了伊沙洛門（族語：水神），害得我們一整年都缺水，好苦啊！」

　　「是啊！」有人附和著說：「這麼慎重的巴力西，怎麼可以漏掉伊沙洛門呢？太不應該了！」

　　「……！」

　　「……！」

　　大家你一語我一言地大發牢騷，只差一點沒把春祭儀式變成了檢討會而已！

　　「麻立正！」

　　葛其格其本為控制不安的局面，他大叫麻立正，是安靜的意思！

　　於是，人們這才重新看到了祭台上的祭品。那些粽子、米酒、地瓜、芋頭、小米穗以及許多叫不出名的糧食，都整齊地擺放在太陽神像前；同時，山豬、山羊、山羌等等獸肉，也充斥其間，充分地表現了族人對太陽神的崇敬！

La adauwa chimas, aniyamalerkavuvu waga!
太陽神、神祇們以及我們的祖先們啊！
Kegawugavi saniya keawon la!
請接受我們的祈求啊!
Masalowaiavachamen, towanosipakolengan chanowamen, to eneyaga saguchuwamen!
感謝眾神祇們平日的照顧，使吾族吾民不再生病、不再

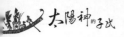

患難！

Gawugavo saneya masalowan chiyanoson!

請接受這一份獻禮，表示我們由衷的謝忱。

Neyachogalan soon ako mase sechowayan ahpachimamilen!

我們從以前就崇拜您，到現在，一直到永遠！

……！

大酋長聲嘶力竭地跪在地上祈禱！

他想到了這些年來發生的事情時，他深信是神祇們在冥冥中暗助他們，部落才能得以存在，藉著眾神祇的幫忙，他的族人才能活得圓滿與幸福。

當大酋長想到這裡時，一股莫名的感動湧上心頭。他又激動地高舉雙臂，大叫道：

Lachmas a mapolat la! pakoligeyamen ah taenalagan!

可敬的神祇們啊，求祢們幫幫我們部落族民們啊！

Adawuchimas la, papopecholl meyamen!

太陽神啊，請賜與我們力量吧！

大酋長一說完，他猛力地一轉身，握住雪亮的長矛高呼：

Chowachuku, vejay!

多娃竹姑部落，萬歲！

Lachia chimas, vejay!

神明萬歲！

……

歡樂的音符充斥在發福勒岸，人們忘情的吼叫，激動地跳著戰舞，彷彿世界即將粉碎！

Lachimas nowa ezalom, echauan!

水神，保佑吾民！

Lachimas nowa wujales, echuan!

雨神，保佑吾民！

Lachimas nowa kakanon, echauan!

糧食之神，保佑吾民！

……！

　　大酋長布拉魯彥領導眾祭師們，逐一向水神、雨神、糧神及其他神祇祈福，希望諸神們能時時照顧多娃竹姑部落的子民們，讓這個世界永遠停格在幸福與快樂的境界裡。

　　「解散以後，」祭祀長宣布：「全體甫拉里森留下來！」

　　「是！」

　　年輕的男女甫拉里森們興奮地回答！每一個人心裡都明白，神祕的馬里卡騷（族語：尋伴舞會）就要登場了！

　　傳說，馬里卡騷是太陽神為年輕的排灣族男女所欽定的社交活動，每年這個時候，不管是本部落長大的少年男女或外地的來賓們，只要是未婚的人，就有資格參加馬里卡騷的舞會。而且，這些經過太陽神配對的有情人，在太陽神的見證下結婚者，從來沒有分手的事件發生！

1

──哪──伊──路──灣──

一聲高亢嘹亮的男高音，非常突兀地劃破寂靜的夜空，在方場上響起。

──哪──伊──呀──哪──呀──嘿──

清亮的女高音馬上，在方場的另一端唱和！

──海唷樣，活也呀嗨樣──哪──活亦有應──海樣──

快樂的音符像一陣和煦的春風一樣，迅速地瀰漫在方場上！男女青年不再矜持，大家圍成一個大圓圈，恣意地跳了起來！他們舞動的畫面遠遠望去，有如圍著華麗的玉屏，正緩緩地隨著歌聲的節拍向前移動，煞是壯觀！

──每當熾熱的陽光照在妳身的時候，法法彥（族語：姑娘）呀，我願化作那朵白雲擋住陽光！

谷灣打破了方場上短暫的沉寂，大方地唱出他的情歌，勇敢地向心儀已久的美女表白心願。年輕的同伴們，照樣重唱一遍！

誰都知道，谷灣與嘉莎的戀情，卻唯獨大酋長布拉魯彥被蒙在鼓裡！如今，谷灣在盛大的馬里卡騷祭典上唱了出來，讓一向害羞內斂的嘉莎感到不好意思，不知如何是好！

「嘉莎，聽到了沒？」長相不怎麼樣的騷拉里沒好氣的說，又輕輕扯一下身旁的嘉莎。

「機會難得喲！」卡丸也激她。

「妳不回唱的話，我來！」一向個性急躁的勒墨勒嫂更是衝動！

「不好意思嘛！」少女的情懷總是這樣的，心裡明明喜歡他，卻又故意裝作不在意；急得旁邊關心她的人要跳腳！

「怕什麼？」竹姑再激她：「麥塞塞基浪又不是真神，他也

是人呀！」

　　這句「他也是人呀」的話，打動了嘉莎的芳心，終於，她回唱了……

　　當你夜歸無伴的時候，谷灣呀，麥塞塞基浪，我願化作
那明亮的伊拉斯（族語：月亮），照亮你回家的路！
　　嘉莎清亮的歌聲有如出谷的黃鶯，令谷灣深深感動！
　　於是，舞伴們也複唱了一遍嘉莎的情歌！
　　當歌聲的餘韻繚繞在方場上時，每一個聽歌的觀眾都非常感動！沒想到嘉莎這小妮子有如此豐厚的歌唱技巧，回答得令谷灣終生難忘！
　　……
　　於是，一首又一首精心編織的情歌，經過年輕男女的互相表達後，幾乎變成了排灣族人的族歌一樣動人！那一支支動人的情歌，彷彿變成了一支支愛情的箭，準確地射進了每一位少女的胸臆中！
　　馬里卡騷就是這樣地吸引了每一個少年族人！
　　然而，歡樂時光已接近曲終人散的時候了。
　　方場中央的營火已即將熄滅，清冷的月亮已經偏西，年輕人及圍觀的族人們，陸陸續續地離開了！
　　啊！瘋狂又刺激的馬里卡騷已然遠去！留下來的，恐怕只有在有情人的腦海裡那一張張似陌生又熟悉的漂亮臉蛋了！

　　「啊，嘉莎！」
　　回家的路上，谷灣的腦海裡，盡是嘉莎的歌和舞，他禁不住感嘆叫了一聲！

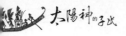
「難道，我真的愛上她嗎？」

谷灣自言自語，他懷疑自己會變成了另外一個人！事實上，他沒有變，他是真的愛上了嘉莎姑娘！

2

「谷灣，我的孩子。」

忽然，谷灣的耳邊響起了父親的話：

「我們部落的許多祭典是承祖先們一代一代傳襲下來的，它是有一定的規則，有一定的程序。你日後是領導部落族人的麥塞塞基浪，所以，你必須不厭其煩地學習各種祭典，才能成為丘卡父龍山下的一名排灣族酋長！」

「麻紗洛，卡馬！」

谷灣說，「父親，謝謝您」。

大酋長滿意的點頭笑笑，又繼續告誡他的兒子：

「做為一個領導者並不容易，你必須比別人做更多事，你必須要懂得祭儀的程序及咒語，你必須堅持以部落利益為先的原則，你必須……」

「我知道了，卡馬！……，對了，卡馬，我們對那些少數不服從的人，如何處置呢？」

「很簡單，『罰又烙』（族語：一種叫「咬人貓」的植物）伺候就對了！」

「卡馬，罰又烙處罰不會太重嗎？」

「一點也不重！罰又烙是我們排灣族人的祖先們設計的一套

行刑方法。我們要對付那些不聽令又頑劣的村民，又在罪責不至於達到死刑的程度時，我們祖先們才設計了這一套刑法。」

「罰又烙是怎樣行刑的呢？」谷灣非常想知道這個罰又烙的刑法有多重要，繼續問。

「受刑人不分男女，必須脫掉上半身的衣服，然後，在事先鋪好的罰又烙樹葉上來回滾動……」

「卡馬，來回滾動的話，豈不是又痛又癢嗎？」

「對，就是要讓受刑人體會那種又癢又疼的懲罰！」

「這真是難以想像啊！」

「對！從古至今，還沒有發現有人勇敢的承受痛苦，幾乎所有遭到懲罰的人都會痛哭流涕，不斷的叫媽媽！」

「那……有解藥嗎？」谷灣追問。

「……是，是有的。」老酋長支吾以對，不知道要不要老實告知兒子；因為自古至今，這個解藥還不能公開，否則，太便宜了那些受刑人！

「那是什麼呢？」谷灣急切地追問父親。

「艾烏歪（族語：一種葉子與芋頭相同的野生植物）！」

「艾烏歪嗎？」

「對，就是滿山遍野的艾烏歪的流汁！」

「喔——原來是那些看起來不怎麼樣的艾烏歪呀！好神奇！」谷灣恍然大悟，原來那些毫不起眼的東西有那麼大的好處！

「不錯，這就是啊達喔剌麻斯偉大的地方呀！祂不但賜給了我們巴代（米）、服拉西（番薯）、法沙（芋頭）、法務（小米）等等許多食糧，使我們不至於餓死，祂還讓天空有啊達喔（太陽）、伊拉斯（月亮）、裴丘安（星星）以及烏佳勤（雨

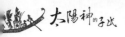

水）……，啊達喔剌麻斯不是很偉大嗎？」

「啊！剌麻斯奴娃啊達喔，麻紗洛！」（啊！太陽神呀，感謝祢！）

谷灣感動的大叫一聲，張開雙臂向神明膜拜！

大酋長站起來，伸開雙臂，穩重而莊嚴地說出了下面的一句話：

「排灣族人還有比這個還要嚴重的處罰！」

「難道還有？」谷灣真的不相信！

「吊死在村口外的『巴部斯卡曼』！」

巴部斯卡曼是族語，意指放置死者遺物及埋葬意外死亡者的地方！族人往生後，習慣上，會將往生者生前使用過的衣帽、武器等等物品，以死者生前所睡過的草蓆包起來，放置在巴部斯卡曼，以示隔離！

一個有名有姓的男人，如果生前就被吊死在巴部斯卡曼的話，表示他根本就不是村莊裡的族人！因此，凡是有一點人性的族人，絕不願意遭受上述的恥辱！

所以，被吊死在村莊外，是絕對的恥辱！

「這就是我們的族法，每一個人都必須遵守的法律！」

「麻紗洛，卡馬！」谷灣聽後十分感動，真心的說。

「依據祖先們傳襲下來的法律，麥塞塞基浪承啊達喔剌麻斯的名字，他負有管理、授予、處罰及獎賞的權力！」大酋長對兒子谷灣實施機會教育：他希望把一些平時想不起來的事也一併告訴他，好讓谷灣迅速地接管麥塞塞基浪這個非常尊榮的職位！

「首先，你要教育族人認同啊達喔剌麻斯是我們唯一的真神！

第二，你是啊達喔剌麻斯法律的執行者，任何不服從指揮的

人，你有絕對處罰的權力！

第三，男女族人在婚前，絕對禁止性交！」

「卡馬，如有違法呢？」

「罰又烙伺候！」大酋長簡潔又肯定的回答。

「我明白！」谷灣滿意地回答；不過，他又想到，光有罰則而無獎賞，似乎不對啊！

「卡馬，有沒有獎勵呢？」

「你問得好，當然有獎勵的規定。第一，凡是對部落有解危的功勞者，麥塞塞基浪依啊達喔剌麻斯的神意，賜予他一把勇士之刀！讓那一位被賜刀的勇士，一輩子不用繳稅，享受部落裡的無上尊榮！

第二，我們麥塞塞基浪分割一塊山坡地給那位勇士，如果有人誤闖狩獵的話，勇士有權沒收獵物或抽稅！

第三，他本人或其家屬們，都將晉升為本部落的貴族，享受榮華富貴！」

「到目前為止，有沒有人得到這份榮耀呢？」

「有三人。」

「是哪三個呢？」

「馬法流家族的嘉淖，基紹紹家族的比亞以及教叫家族的哨冷！」

「……！」

當父子倆熱烈地討論時，有一朵白雲悠閒地飄過湛藍的晴空，安詳而和平。

谷灣的部落裡，不時傳來遠處猎猎的狗吠聲，劃破沉寂的夜空，平添了一些些生氣！

瘋狂的馬里卡騷已然遠颺，部落裡人聲喧鬧，多娃竹姑部落

恢復了往日的生氣！

3

入春以後，多娃竹姑的山坡地熱鬧起來了！

年輕人不分彼此，依照傳統，每天輪流到部落家族的農地做伐木、砍草、燒墾、整地以及播種等等農務。

當年輕人在幫他人耕作的時候，並不會因為不是自己的耕地而馬虎；反而盡心盡力去完成，絲毫沒有私心，真是難能可貴！

同時，年輕人工作效率之高，是每一位村民都能體會得到，更看得到！他們這種無私無我的團隊精神，深深地感動了村裡的每一個人！

「卡馬，明天就輪到嘉莎他們的耕地燒草了。」

晚餐時，谷灣這樣告訴父親他次日的行程。一直以來，老酋長對嘉莎這個乖巧的女孩印象深刻。嘉莎的美貌與賢慧，已深深地打動了老酋長！他非常贊成兒子的選擇與銳利的目光；雖然，部落裡也有不少漂亮女孩正等著谷灣的到來……！

「嘉莎是一個好女孩，」老酋長語重心長的說：「你好好地待她。」

「麻紗洛，卡馬。」父親，謝謝你，谷灣回答他。

「早點休息吧！」

谷灣不再多言，只感激地深深看著父親！

老酋長也感應到了兒子的眼神，故意裝作沒看到，匆匆地回到床上躺下……。

　　──喔──伊──喔喂──

　　天才濛濛亮，惱人的公雞啼聲響起，然後，一隻又一隻地啼叫，似乎告訴人們：

　　「別睡了，天將大亮！」

　　「起床了！」

　　「起床了！」

　　……

　　早起的人們提起鉛桶，叮叮咚咚地向水源出發了。

　　趕早的農夫不願落後，解開牛繩，趕著黃牛、水牛往草地上走去。

　　谷灣不敢偷懶，迅速地帶領事先約好的六名戰士，很快地到達了工地，正忙碌地打理「巴力西彥」。

　　祭祀長巴拉卡萊，莊嚴地走到祭壇的正前方，雙手高舉，單腿跪下，面向祭壇喃喃地唸經文……。

　　Lo lo to go,losolio go; Chia la kalasodan nechon!

　　太陽神及所領導的眾神們啊，我們是一支堅強的團隊！

　　Luanaga chia suvochan, Lilu mude lali gowan!

　　無論發生了什麼事件，我們永遠是一支勁旅！

　　Lhia makichi nilmmaco, jouenoka, chan nowa vovo!

　　讓我們勇敢的面對困難，以答謝祖先們的照顧！

　　漫長的祭典已經到了結束的時候，巴拉卡萊的經文越念越急……

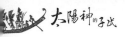

——Ah ming!

結束或完畢！

大家終於鬆了一口氣！

「麥塞塞基浪，」祭祀長向酋長報告：「一切都準備好了！」

「甫萊！」谷灣回答他，很好！

於是，谷灣命令六名戰士分成三組，分別到事先布置好的起火點點火！一時間，整個山坡地就籠罩在煙霧裡，濃濃的煙火開始瀰漫在整片園地，煞是壯觀！

還好，山風不大，那些砍下來的樹枝與雜草還不太乾，加上前天夜裡又下了一場雨，所以，今天的燒墾沒發生意外，在太陽下山前，那些難纏的雜草已經燒得精光！

谷灣及同伴們被煙燻得快成小木炭，大夥兒你看我、我瞧你的互相嬉戲，使整個山坡上，充滿了笑聲，好不熱鬧！

4

「辛苦了。」

一進門，嘉莎深情地看著谷灣，充滿感情地說。

「沒什麼。」

谷灣輕描淡寫地回了一句，並不是不在意她的關懷，而是男人自尊心在作怪；排灣族的男人都被塑造成一個獨立、剛強、勇猛的形象，故不會輕易在女人面前表示辛苦與依賴的心理。所以，他不能對關心他的情人表現得懦弱。其實，當嘉莎說出辛苦

了的時候，他內心裡有一陣陣心酸在發酵！他是真的很累了，卻礙於男人的自尊心，再辛苦也不能讓女人看出來！

「洗澡水放好了。」嘉莎又輕輕地說，兩隻眼睛卻不聽話地盯了他一眼！她好喜歡眼前的這個男人，並不是因為他是麥塞塞基浪，也並不單純地因為他曾經救過她的小命，怎麼說呢？咳！愛就是愛嘛！就這麼簡單。

「麻紗洛！」谷灣也輕聲回答她，謝謝妳。

雖然，嘉莎是未過門的媳婦，不過，雙方的老人家都已公開的表示同意這門親事。因此，嘉莎才三不五時地到麥塞塞基浪的家裡來幫忙做家事，算是他在實習做一名酋長的媳婦吧？

其實，排灣族人對年輕男女的互動有一套不成文的規矩；例如陌生男女交往初期，女子的兩眼不可逼視對方、不可以手拉手、不可以激情地擁抱等等親密的行為。甚至於在說話的時候，不可以說「我（teyaqun）」，而要說成「我們（teyamen）」，這正是在「巴拉庫灣」（族語：青年聚會所，意即部落設置的獨立家屋，供部落青少年訓練、生活與防衛的地方，大都設在村莊入口附近。）訓練中的青年男女的共同語言。

這種只有團體性的我們，而沒有個人的我的規範，目的在控制年輕男女，在巴拉庫灣的戒律中，不可有婚前的性行為，以維護排灣族人優良的社會道德規範。

排灣族人在過去鮮少發生未婚生子的事件，這種嚴格的道德規範，真是居功不少呢！

晚餐後，谷灣才依依不捨地送走了嘉莎！

兩個人很想在夜色中拉住對方的手，或者靠在一起的散步，卻礙於嚴屬的族規，只好默默地一前一後漫步到了嘉莎的家屋外面才止步。然後，他們在昏暗的月光下，深情地互看一眼，才互

道再見……。

在回程的路上，谷灣回想到剛才不慎觸及到嘉莎溫暖的身體時，她身上散發出淡淡的女人香飄過來，內心不禁湧上甜蜜的感覺！

谷灣莞爾一笑，甩甩頭，加快腳步回家去了。

「嘉莎送到家了嗎？」

大酋長明知故問地望著兒子問道。

「是！」

「很好，」大酋長體恤的說：「累了一天，早點休息吧！」

「喔伊，卡馬！」谷灣說，是，父親。

谷灣原就睏得張不開眼，被他父親一說，睡意更濃了……。

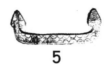

5

夕陽的餘暉璀璨地射向大地，把多娃竹姑部落襯托得格外亮麗！

孩童們快樂地四處奔跑，每一張稚嫩的淺棕色臉上，散發著天真、無邪與憨態，令人有一種不捨又想觸摸的衝動！

成群的牛羊與放牧的豬群，則不安地狺狺吼叫！

「麥塞塞基浪，好像『弗那力』要來了！」

老一輩的族人不安地告訴首長，恐怕要颱風了！是的，這種反常的氣象在老一輩的族民來說，已經經歷數十寒暑，只稍瞄一下就知道，弗那力要來了。

「我知道，」谷灣迅速地處置狀況：「甫拉里森！」

「伊瑪莎！（族語：在這裡，即有的意思）」

「傳話下去，弗那力來了，所有族人的屋頂要加強綁緊，準備糧食和飲用水，快去！」

「喔伊！」少年戰士回答是！就一溜煙的功夫，不見了！

族人們在酋長冷靜的指揮下，有秩序地拿藤條剝成的繩子補牢已經鬆動的屋頂，同時，他們為了加強防颱，也在屋頂上加壓一條條的竹杆，使它們看起來更加牢靠！

颱風過後，溪水暴漲而變得混濁不能飲用，因此，族人必須儲備足夠的乾淨水。果然，拎著鐵桶提水的村人，迅速地往水源地奔去！於是，鐵桶碰撞所發出的尖銳聲響，加上孩童不安的哭鬧聲，形成颱風來臨前的奇異現象！

咻！

咻！

……

終於，該來的來了！

颱風挾帶著強勁的雨勢，從山谷狹窄的入口直衝部落，低矮的茅房禁不起強風的摧殘，像風箏般地被從地上拔起，吹拂得老高老高後，再重重地摔下！屋裡的米糧、炊具、被子、衣服，以及所有的家當，通通被吹得遍地皆是！當然，族人和他們飼養的豬、狗、羊群以及黃牛和水牛們，也在失去依靠後到處亂闖，企圖能找到可以依靠的土牆、樹木等東西；可惜，這一切也因強風的吹襲而失去了蹤影！

祭祀長即族人所依賴的巴拉卡萊，搬出了法器——鐵製小刀與山豬頭骨，開始祭拜山神、水神、風神以及偉大的太陽神！

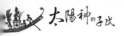
Chia mali cho nivowak, to uenoka chan nowauon!

我們敬畏的神祇啊,我們以祖先的名義祈求祢!

祭祀長高舉雙臂,跪在地上顫抖地祈禱!

Qway kitavola kichen, to seeka paiwan nechen!

我們是排灣族的子民,謹在此跪求祢的諒解!

Paketajala nowamen lesavovo nowapaiwan!

且讓我們平安和諧,如同別處的排灣族人一樣!

Kae cia saue yamen, li chiagalawos evavawu!

我們要尊敬的戰神嘉卡拉伍斯,請賜給我們勇氣!

Lizavo wa so kavadama li chia malalu li lawaz!

請俯視祢的子民們,我們的日子並不好過!

Pachin chizi yaman, taua vossam katowa chalayarn!

我們虔誠的懇求祢啊,請賜給我們耕作的種子!

Kivo cho vocho wanagamen, tokima alapa lidio!

請為我們打開狩獵和出草的大門,讓我們展開殺戮的血腥啊!

……!

族人虔誠的祈禱,果然,出現了奇蹟!

強風逐漸平息,濃雲也跟著散去,搖擺的樹林停止了舞動,小草也抬起頭,好奇地探視這個兇猛的世界!

「麥塞塞基浪,弗那力走了。」

「麥塞塞基浪,加藍(族語:馬路)被沖走了。」

「麥塞塞基浪,屋馬克(族語:房子)不見了!」

「麥塞塞基浪，……。」

各種情報迅速傳來，谷灣酋長不得不強自鎮定，思考如何應付這混亂的局面！

「甫拉里森！」

谷灣大喊，呼叫守候在門外的青年戰士。

「是！麥塞塞基浪！」甫拉里森應聲跑到了谷灣的面前，等候差遣！

「趕快通知所有的幹部，迅速到這裡集合！」

「是，麥塞塞基浪！」

兩名甫拉里森不畏遭颱風破壞的道路難走，撥開橫亙路中的樹枝，迂迴地傳達了酋長的命令！

「這一次的弗那力非常強勁！」谷灣對著幹部們激動地說：「根據我目前所了解的狀況是，本部落對外交通完全中斷，接水的拉令（族語：水管）也遭沖壞。現在，我分配任務！」

「巴拉卡萊！」

「是，麥塞塞基浪！」

「你負責部落的全部復原工作，有困難來找我！」

「是！我馬上辦！」

「卡丘納岸（族語：指負責部落中土地規劃、談判及祭祀的人）」

「是，麥塞塞基浪！」

「你帶人巡邏全部落，查察我們的耕地和狩獵區受損的情形，向我報告！」

「是，麥塞塞基浪！」

「拉馬楞（巴拉庫灣的長官，負責部落的安全維護，管理、訓練戰士的總負責人），你受巴拉卡萊的指揮，負責傷病的安

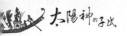
全！」

「是，麥塞塞基浪！」

……，

……！

谷灣好像有一種無形的神力附身一樣，村民們在接到他的命令後，毫不猶豫的奮力完成！因此，當谷灣發出第一道復原的命令後，族民們都奮力去做他分內的事，惟望能在短時間內恢復風災前的舊貌！

青年戰士們在接到酋長的指令後，發揮了無私的大愛，不論整建誰家的屋宇，大家不分彼此，個個戰戰兢兢地重建那些七零八落的多娃竹姑部落！

然而，弗那力的破壞力果然驚人！多娃竹姑部落已見不到一座完整的住屋了。村民必須拿出吃奶的力量投入重建工作，如此辛勤的作業，部落才在半個月後重建完畢，還包括了遭吹斷的竹製水管在內！

不過，有一件神奇的事發生了！麥塞塞基浪的宅第居然不受颱風的侵襲，依然文風不動地屹立在部落的中央！族人看了，無不嘖嘖稱奇！

太陽神的力量太神奇了！

谷灣不愧為太陽神的執行者！

第二章

Kacopo, lako kaka, eima zaga malekachia vuvu!

全體族人趕快集合，迎接我們祖先的光臨！

Kachuwa novawa, kachuwa no chinavo!

帶著美酒，也帶著粽子吧！

Imazaga nakomalop, imazaga maloka chimas!

狩獵者回來了，山神、水神⋯⋯諸神也來到了！

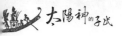

　　多娃竹姑部落的「瑪索乍裴勒（族語：豐年祭）」是出了名的精彩、神祕又好玩！因此，每年到了這個季節，總吸引大武山下數十處排灣族人部落的未婚青年前來觀賞！他們來這裡的目的，名義上是觀摩多娃竹姑部落瑪索乍裴勒祭神的過程與方法，而實際上，卻是來物色多娃竹姑部落的美女。好在部落舉辦神祕的「依索姬」祭典（族語：依索姬是求愛的意思，這種祭典被排灣族人沿用了好幾千年，是一種非常神聖而祕密的祭典）時，好好表現自己的歌藝，俾能娶回美嬌娘！

　　布拉魯彥酋長好像感染到了年輕人的熱情，也在愛子谷灣的優越表現上，看到了自己年輕時的風範！不過，每當他孤獨地坐在門檻上抽菸斗的時候，那一絲失落感與寂寞，常使他覺得人生真是無常，生命何其短暫啊！

　　「麥塞塞基浪！」

　　終於，他的老伴莎婉按捺不住沉悶的空氣，帶點埋怨的口氣說：

　　「你好久沒跟部落民眾說說話了。」

　　「是嗎？」

　　「你忘了，那一天，葛其格其本不是跟你提起『瑪索乍裴勒』快到了嗎？」

　　「啊！麻紗洛！」布拉魯彥站起來，走到門口，對著守在門口的青年戰士交待：「你馬上通知葛其格其本來！」

　　「是！」

　　「還有，」酋長再吩咐：「巴剛剛屋大（族語：巴剛剛是敲鐘，屋大是也是的意思）。」

　　「是！麥塞塞基浪！」

　　青年戰士不敢怠慢，跑步到了葛其格其本的宅宇，先告知酋

長有請；然後，再跑步到鐘台上，撩起鐵鎚就猛力的連續敲打，告訴村民馬上集合！

……

「聽著，」酋長見到部落幹部到齊了，就說：「我們部落的瑪索乍裴勒已經迫在眉睫，不知道各個部門準備的情形怎麼樣？」

「巴拉庫灣準備好了。」

「巴力西彥的巴力西準備好。」

「甫拉里森通知附近部落的任務完成！」

「……！」

「……！」

每一個單位都逐一報告，幾乎所有的祭祀工作都已告準備完成！

「嗯，甫萊！」酋長表示滿意後，下達了豐年祭的動員令：

「明天開始，全部落要動起來！」

酋長的簡單一句話，很快就說完了。然而，幹部們所承受的壓力卻無與倫比地沉重！試想，那些狩獵、舂米、釀酒、祭祀等等繁複的工作，誰能保證在短短的三天內完成呢？

然而，太陽神之子麥塞塞基浪的命令，誰敢違誤啊！做不到的話，要掉人頭的！

不得已，幹吧！

於是，家家戶戶投入了砍竹、採摘包粽子的材料、下溪捕魚蝦、上山狩獵等等不一而足的分類工作。雖然，全部落的人都在忙碌地準備豐年祭，卻不顯得雜亂無章，反而憑藉平常的訓練與

分工，大家雖然忙碌卻不會有工作上的衝突！

這種巧妙的安排，當然要靠每一個人對部落的歸屬感與大酋長精明的分配！例如拿釀酒這個比較複雜的工作來說吧！

教叫這戶人家的壯丁比較多，乃責令他們負責蒸糯米的工作；這種看似簡單的工作要真的做起來時，卻顯得費力無比！因為排灣族人這個時期所種的糯米都是那一種長茅型的陸稻，處理的過程既繁複又錯綜難理，因此，幾乎沒人願意去做！

好在，教叫這家人願意承擔這份工作，酋長也省去了許多麻煩。

下溪捕魚本來是全部落的事，不過，每到了豐年祭的時候，每一個家族都已被分配到各種不同的任務，無暇顧及。因此，這個工作乃落在嘉淖的身上，因為嘉淖這個字的本意就是魚池，他不做的話，還有誰更適合呢！

……！

排灣族人傳承了數千年的釀酒方法是這樣的：

族人先將春好的糯米加水後，放在甕中三個晚上，使米粒變微酸後，再撈起來用蒸籠煮八分熟後挖出來，放在藤製的盤子上晾乾一夜，次日再灑上少量的必卡克（族語：酒母），然後，再一塊塊地裝入酒甕裡，用泥土封死後，放在屋內陰涼的地方，待用。

另外，排灣族人在沒有冰箱的那些年代，也有他們處理獵物的方法！他們會把獵殺的山豬、山羌、山鹿等比較大型的獵物剝開肚子，將肝、肺、胃及腸子等等內臟，丟進事先埋鍋的大鍋裡，加鹽後，用刀子切開分配族人食用。

大型獵物的皮革處理後是一種非常好的禦寒東西，所以族人

一定善加珍惜，不會吃掉！

　　族人將已去皮的獵物加以清洗後，先以鹽巴保鮮；然後，族人會以厚厚的酒釀敷在獵物的鮮肉與骨頭上，再裝進夠大的酒甕內保鮮，密封後再放置陰涼的的地方！

　　……，

　　……！

　　布拉魯彥眼看著族人忙碌的工作，內心非常高興！族人忙碌了一整年，是應該輪到歡樂的時候了！

　　谷灣更是不得閒，他高高興興地帶領年輕的戰士們到巴納捕魚去了。

　　傳統排灣族人的捕魚器具，有一種是刺竹做成的。他們將刺竹剖開成八等份到十二等份後，去掉竹節，剖開成網狀，再拿三至六根的小樹拗成圓形的東西放在竹子中間，撐開竹片後再用繩子固定，放在湍急的溪水中，成了一種只進不出的捕魚器具，非常有效！

　　還有一種族人管做「索勒弄」（族語：一種捕魚的器具）的捕魚器具，與上述的原理一樣；不過，由於體積較小，所捕到的魚群，也是小魚、小蝦的，很好用！

　　據說，做為一個排灣族人的男子，捕魚捉蝦是最基本的本領，如果你連這麼簡單的活兒也不會的話，那部落裡所有的男人會譏笑你是女人，根本不配做排灣族人。因此，有些人就因為這樣而自盡了！

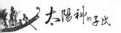

1

　　谷灣在大酋長布拉魯彥的細心調教及不斷地參與各種祭典活動後，他對部落族人的各種祭典就很快的進入狀況，非常熟悉了！

　　記憶中，族民在正式祭祀啊達喔剌喇麻斯之前，必先做好一些前置作業。例如：

　　全體甫力高必須到巴力西彥誦念祭祀經文達一個月以上。

　　派出若干壯丁到嘉洛麥亞山區做狩獵，也加派巴拉庫灣的甫拉里森去見習狩獵的技巧！據說，這支狩獵隊伍的成果，往往成為該部落當年狩獵的指標。

　　選擇護魚一年以上的溪流當做捕魚區。可以想像這條被護魚的溪流有多少魚群與蝦蟹等水產。

　　今天正好是谷灣受封為麻卡竹逢的第一天，當然，他也想在初次的豐年祭中成為族人目光的焦點；他要讓多娃竹姑部落的族人瞧瞧，麥塞塞基浪就是麥塞塞基浪，他與一般的族人是絕對不同的！

2

　　喔──伊──喔喔──

　　東方乍現魚肚白，部落裡的公雞發出了第一聲早啼！

　　於是，人們到溪邊汲水時發出了鐵桶的碰撞聲！嬰兒受到了鐵桶碰撞時的驚擾，拉開喉嚨，痛快地大聲哭泣！

　　谷灣打床上躍起，隨手舀起水缸裡的冷水就往頭上一沖！

　　「啊，甫萊！」冷水打醒了他的睡意，爽朗地叫，好爽！

　　然後，他在刀架上選了一把飾滿珠串的酋長禮刀，綁在腰際，找到老鷹羽毛編織的漂亮帽子戴上，匆匆趕到了巴拉庫灣！

　　早到的青年戰士們正戰戰兢兢地整理服裝及武器，並未發現谷灣已經來到！小酋長體諒到戰士們的辛勞，自己找了一個不起眼的角落坐下！

　　不一會兒，陽光的第一道光芒射向嘉洛麥亞山，天已大亮！

　　「依伊沙洛門！」

　　「喔伊！」事先指定擔任通知水神的戰士立刻回應，有！

　　「哨（族語：去的意思）！」

　　戰士拿了叫鈴就叮噹叮噹地跑步，執行他請水神的任務！

　　於是伊拉斯（月神）、卡度（山神）等許多神明的戰士任務逐一出發了，最後，才輪到了下一位神明！

　　「啊達喔剌喇麻斯！」谷灣大叫。

　　「峭崚！」

　　「嘉淖！」

　　「法糾坤！」

　　「卡比！」

　　四名戰士迅速地報出名字，聽候命令！

　　「沙──喔──」谷灣激動地吼叫，出發！

　　青年戰士深知自己的任務重要，迅速的領過「叫鈴」後，一對對地前往深山裡那個放置太陽神圖騰的山洞裡請神祇！

　　結果，他們各帶回一塊圓木當作信物，恭恭敬敬地供奉在巴

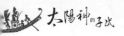

力西彥的正上方，那座太陽神駐驛的石洞裡！

當請神的青年戰士們逐一出發後，谷灣又發出另一道命令！

「甫力高，集合！」

葛其格其本大叫：

「卡俄不哇，甫力高！」（族語：眾祭師們，集合）

於是，眾祭師們迅速的集結在巴拉索堂（族語：祭祀場），嚴肅地等待酋長的指令！

不久，全體巫師們在谷灣的率領下，齊聚在巴拉索堂的廣場上，賣力地誦念豐年祭的經文！

莊嚴、隆重的氣氛中，聽不到一丁點的雜音！

突然，有人大叫：

「伊沙洛門來了！」

祭師們立即改念祭祀水神的經文，免得重蹈去年受到報復的覆轍，害得族人沒水喝！

「伊卡度來了！」

祭師們見風轉舵，趕緊改念山的經文！奇怪，難不成這座大山也會走路嗎？

「伊谷乍勒（族語：雨神）來了！」

接著，又有人叫道：

「伊拉斯到了！」

月神總是姍姍來遲，不過，她總是來了。祭師們又念了一遍月神的經文！

突然，又有人大叫：

「vojai──!adaw chimas!」（族語：萬歲，太陽神）

太陽神到了，豐年祭開始了！

太陽神不愧為萬神之王，祂的蒞臨引起了族人瘋狂的叫嘯，

人們的心情亢奮到了幾乎失序！

「啊達喔剌麻斯，福載！」

「啊達喔剌麻斯，福載！」

「……！」

「……！」

吵鬧的叫嘯不絕於耳，人們已經陷入了非常亢奮的狀態，毫無章法地扭動他們的肢體，張開嘴巴隨興地吼叫，甚至還有人在地上瘋狂地打滾、叫嘯！

——有一種世界末日的歇斯底里的感覺在滋長！

……，

一直到了正午，這群瘋狂的人群才在谷灣的命令下，很不甘願地解散，回去用午餐！

本來嘛，歡樂的豐年祭是族人的大事，大家辛苦了全年，只有今天起一連三天的祭典可以盡情的狂歡！

每一個人都可以大口的吃肉、大口的喝酒，去體驗什麼叫做豐年祭！

3

入夜後，多娃竹姑部落的豐年祭就進入了高潮，鄰近部落的貴賓們，都是在三、五天前就接到了布拉魯彥大酋長的盛情邀約，紛紛在落日前趕來了。

來自蓋嶺巴納拉里巴部落的酋長多納，親率十多名青年戰士，第一個向谷灣報到不久，也是來自蓋嶺巴納對岸的嘉機格勒

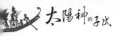

酋長狄沙隆隆和多良部落的酋長翁的,也來了。如此多位酋長級的貴賓蒞臨,頓使多娃竹姑部落熱鬧起來了!

排灣族人的先民並不懂得曆法,不過對瑪索乍裴勒的日子就計算得精準!到底他們是怎麼做到的呢?第六感吧!

八月十五月正圓,秋天的夜晚冷颼颼地不見一個人影……。

「伊浪達喔哇,麻甫拉特!」(族語:大家注意)

布拉魯彥酋長張開雙手,對著部落發言:「我以啊達喔刺麻斯的名字,召集丘卡父龍山下的所有麥塞塞基浪參加本部落的瑪索乍裴勒,表示歡迎!」

「多娃竹姑,福載!」有人喊:大竹部落萬歲!

「麥塞塞基浪,福載!」酋長萬歲!

「……!」

「……!」

歡呼聲不絕如縷,吵鬧的聲音瀰漫在峽谷中……!

「開舞!」

不知道過了多少時候,終於聽到了谷灣酋長下達起舞令!

於是,一幅彩色的玉屏在谷灣的帶領下,緩緩地踩著四步舞向前移動。遠遠望去,有如一座鮮豔的屏風正緩緩地前進,甚為壯觀!

谷灣有如一名優秀的領航者,意氣風發地在前面領舞。他那英俊的面龐及自信的笑容,令圍觀的人群竊竊私語!那些在方場上舞動的嬌女們身穿的美麗衣衫,令許多圍觀的民眾羨慕不已!同時,舞動中少女們華麗的衣裳以及一張張漂亮的臉蛋,讓多少少年郎心動!

　　瑪索乍裴勒就是如此的迷人!

……，

……！

「嗚──」

突然間，一名正在跳舞的少年發出了一聲長嘯！

「什麼事？」有人請問長者。

「剌麻斯，奴娃，卡卡嫩！」長者回他，是糧神來了！

「派！伊拉督。」大酋長站起身，緩緩地走到那名神明附身的青年人說：「來吧，請坐下！」

說也奇怪，那名神明附身的年輕人聽到酋長的指示後，大方地坐在事先預備好在方場正中央的椅子上，不再言語。

多娃竹姑部落的年輕舞者們仍保持昂然的興趣，繼續跳祭舞！

有人說，那名神明附身的年輕人，已成為「啊達喔剌麻斯」的代言人，是真神！

排灣族人深深相信，他們所信仰的太陽神、月神、山神、水神、土地神以及所有的神明是一種游移在空氣中的神祇！祂們是一種無形、無色與無味的奇特神祇，所以在與人類互動時，就不得不借用人體代言啦！

這個被附身的人，就是神！祂所說的每一句話，都是神意，人們必須服從並且做好它！

「嗚──」

又一聲長嘯響起，但不知是何方神聖駕臨？

「剌麻斯，奴娃，撒芝默勒！」啊！是狩獵神來了！

只見一名身穿獸皮的老者，手持長矛，動作俐落地穿過人群及舞者，迅速地站在祭台前，筆直地站立著……。

「派！伊拉督。」大酋長還是老話一句，請坐！

那名老者並不言謝，迅速地拉起椅子，坐下。

斯時，跳舞的曲調有了變化，舞步自然也跟著曲調調整，由華麗的豐年祭舞，變成了沉重的步伐！

甚至變成了忽高忽低、忽左忽右的在方場上蛇行！

「嗚——」

又是一聲長嘯！

這一叫，震撼了跳舞中的年輕人，莫名其妙地全身起雞皮疙瘩！

「什麼神？」谷灣大叫，問祂！

「剌麻斯，奴娃，卡度！」

啊！山神來了！難怪氣氛那麼怪異！

「派！伊拉督。」酋長哪敢怠慢，趕快請神祇坐下。

「伊單督娃，乍給勒！」神明說，拿酒來。然後，不客氣地坐在太陽神的右邊。

「嗚——剌麻斯奴娃卡度，福載！」

歡呼聲的意思說，山神萬歲！

熱情的青年戰士們，看到山神如此磊落大方，情不自禁的歡呼！

「剌麻斯奴娃卡度，福載！」

「福載！」

……，

……！

年輕人的歡呼聲淹沒了森林，狹窄的發福勒岸的峽谷裡，充斥著歡樂的音符，久久不散！

「嗚——」

　　又是一聲長嘯，發自村口的乍乍巴勒（族語：每一個排灣族人部落的入口處，都會架一種圓形拱門，再中央橫杆上綁一塊祭過神明的豬靜脛骨，用意在拒絕惡魔入侵部落）！

　　「拉馬楞！」酋長大叫：隊長！

　　「喔！」青年戰士的隊長回應，有！

　　「快去看看，什麼人在乍乍巴勒！」

　　拉馬楞不敢大意，回轉身就往村口跑去！

　　「麥塞塞基浪，」拉馬楞上氣不接下氣地回報：「祂……祂是……伊沙洛門！」

　　「那，伊沙洛門呢？」酋長追問！他是擔心神明不進部落就跑了！如果是那樣的話，部落即將缺水，人民不渴死才怪！

　　據說，在很多年前，就在多娃竹姑部落上去約三天路程的地方，有一處人們稱作「幾發發屋」的村落，人們在祭祀神明時，漏掉了一個水神沒去祭拜！結果，從第二年春季起，該地區就不曾下過雨，害得人民病的病、死的死，下場很悲慘！

　　……。

　　「麥塞塞基浪，伊沙洛門在這裡。」遭水神附身的年輕人站出來，威風地說！

　　「派！伊拉督。」酋長喜出望外，高興地請水神上座！

　　水神不客氣地坐下，兩手不斷地搧風，口裡還直呼：「好熱！好熱！」

　　「卓追，沙基奴！」酋長直呼他身邊的衛士的名字。

　　「喔伊，麥塞塞基浪。」幾乎是同時，兩人同聲回答說：是的，酋長！

　　「你們到屋裡拿大扇，幫伊沙洛門搧風！」

　　「喔伊，麥塞塞基浪！」

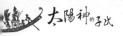

年輕人話一說完，合力拿起大風扇，用力地幫水神搧風了！

方場上，年輕男女舞興正濃，不時傳來他（她）們熱情奔放的情歌。

他們的舞姿時而如海浪般地層層捲起浪花，時而如草原上的牧草一樣，一層層地掀開，撫平後再掀開，充分流露出排灣族年輕男女對生命的歌詠和享受！

好一幅柔情似水般的夢幻之夜啊！

夜色逐漸陷入沉寂，舞者們開始顯得疲勞與倦怠，拖著沉重的步伐在跳舞！而方場上的火堆也漸漸失去剛才的興旺和熾熱，慢慢地變小變淡了！

空氣中充斥著一種想要休息的氣息！

接近天亮的夜色，準備打烊了……。

「跳舞吧，孩子們！」

突然，一名白髮的老者衝進舞場的中央，張開雙臂大聲嚷嚷：

「我們的vuvu（族語：祖先）已經進場了！」

「嗚——vo jai! la ni ya vuvu!」（族語：萬歲啊，我們的祖先！）

……！

頃刻間，在豐年祭會場上的人們，不分男女老幼，也不管是本地人或是外地人，每一個人都手舞足蹈起來了！

彷彿，傳說中的世界末日已到！每一個人都像是生命即將結束一樣的瘋狂！

年輕人在谷灣酋長的領舞下，高跳戰舞，人們彷彿聽到了戰鼓，咚、咚、咚敲的聲響！

……！

啊！這真是一場充滿了詭異、刺激與興奮的豐年祭之夜！

第三章

Teson ah naklzang twa gado ah chimas，wolipataglagaliyon aphalisi！

祢，這一位保護著大武山的神衹啊！請俯聽我們的祭祀，現在開始！

Pacoligeyamen，parorecholleyaman wulaqnna yemalin tawa kiko ch katowa comalop！

請幫助我增強力氣，幫我贏得勝利並且狩獵成功！

……，

……！

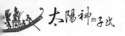

熱鬧的豐年祭過後，多娃竹姑部落的村民們有兩個月左右的悠閒日子。惱人的蟬兒躲在濃密的樹叢裡，知了知了地重複唱著無聊的歌，人們個個躲在樹蔭底下，天氣實在熱得叫人受不了！

谷灣乘著雨季和颱風到來之前，帶著心愛的獵狗、長矛和番刀，加上禦寒的衣物及十天左右的乾芋頭、花生及一點鹽巴，匆匆告別了父母及情人，隻身前往神祕的排灣族人的聖山——丘卡父龍！

雖然說是慣例，卻是谷灣成年後的第一次狩獵；身為排灣族人的勇士，特別是部落麥塞塞基浪的接班人，這一趟冒險是必須要走的路！

「才幾天而已，我很快就回來。」臨行前，谷灣如此安慰哭得像個淚人兒的嘉莎。

「我不是擔心您不回來，」嘉莎難過的說：「我怕你會遇到『處邁』！」

處邁是族人對黑熊的稱呼語。的確，一個人不管他的力氣有多大，不論你有多勇猛，不幸遇到了高大、兇猛的台灣黑熊時，幾乎沒有人能倖存！嘉莎的擔心不是沒有原因的。

「啊！原來妳是擔心這個，」谷灣故作輕鬆樣地安慰她：「放心，我會小心再小心的！」

「你要小心再小心啊！」

女人真好騙，一句安慰話就擺平了，哈哈！不過谷灣心裡這樣想，表面上還是說了一句好聽的話：

「麻紗洛。」他說，謝謝妳了。

……

就這樣，這一對恩愛的情侶，在互相叮嚀與安慰聲中，依依不捨地分手了。

　　谷灣和他的獵犬力谷獠（族語：老虎）晝行夜伏地走了三天後，終於到達了目的地——幾古拉谷勒，亦即族人所說的鬼湖！

　　幾古拉谷勒位在丘卡父龍的山腰上，是一處四周長滿水苔和茂密原始森林的湖泊，終年不見陽光，眾多的蛙類聚集在此，日夜不停地叫囂：「咕拉谷勒，咕拉谷勒！……」族人因此取名幾古拉谷勒！

　　雖然如此，幾古拉谷勒湖泊周圍，因為甚少有人類走動，所以聚集了許多珍禽異獸，成為人們狩獵的好地方！另外，鬼湖的四周因為被落葉覆蓋，很難分清楚湖岸界線在哪裡。因此，一不小心就會掉進深不見底的泥潭裡死亡！

　　成千上萬的各類青蛙，不分晝夜地鳴叫，聲勢的浩大和磅礡的氣勢，有如一支龐大的交響樂團的演奏，令人震撼！

　　幾古拉谷勒的湖面上因日曬不足的關係，總是漂浮著氤氳的氣氛，因此，即使在白天，沒有人能分辨得出是半夜或白天！排灣族人的先民們就曾經鄭重地宣告：

　　丘卡父龍是排灣族人的聖山！

　　幾古拉谷勒是排灣族人的聖湖！

　　不論是聖山或聖湖，任何人不得侵犯，違反者，格殺勿論！

　　谷灣是排灣族部落的酋長，他當然接受過父親的耳提面命，這聖山及聖湖是神聖不可侵犯！因此，當他到了目的地後，第一個動作就是祭拜丘卡父龍山神及幾古拉谷勒的湖神！

Teson ah nakezang twa gado ah chiwas, wolipataglagalqyon aphalisi!

祢，這一位保護著大武山的神祇啊！請俯聽我們的祭祀，現在開始！

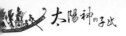
Pacoligeyamen, papopecholleyaman wulaqnna jemalin tawa
kiko ch katowa comalop!
請幫助我增強力氣，幫我贏得勝利並且狩獵成功！
……，
……！

「力谷獠，走！」

谷灣叫他的獵犬開拔，他們到了先前準備好的工寮內休息！這幾天的行行走走，好在有忠心的力谷獠作伴，去除了他許多的寂寞時光！

說到工寮，雖然簡陋卻是一處理想的地方。它位在湖水漲潮時不會淹水，濃蔭蔽天的森林裡，很適合人類居住；因此，谷灣像發現了寶貝一樣地非常珍惜這個休息站！

根據族人的傳說，幾古拉谷勒雖然有要命的泥淖，卻由於人煙罕至的關係，珍禽異獸則相對的增多，任人抓也抓不完！

不過，這麼好的地方怎麼會少有人來呢？

原來，廣袤的鬼湖湖岸，積滿了落葉及雜草，根本無法辨認湖岸在哪裡，湖水又到了什麼地方？稍一失慎，就有跌落深潭的危險，非常可怕！

谷灣不是這一區絕地的常客，他當然要小心謹慎的行走……！

「喔──」

突然，一聲低沉而濃稠的野獸吼聲傳來！

「處邁，是處邁來了！」谷灣機警地扶住腰刀，口裡嚷著，熊，黑熊來了！

　　果然，一隻全身毛茸茸的大黑熊出現了。牠用飢餓的眼神直盯住谷灣！然後，出其不意地撲上來，動作之快，令人無法想像！

　　勇敢的谷灣心裡早有盤算，只待黑熊這麼一撲的時候，谷灣一側身，將鋒利的番刀「噗！」地一聲，正好刺進了黑熊的白色V字型的胸窩上！

　　血紅的鮮血立即噴出！

　　黑熊痛苦地慘叫，揮掌打中了谷灣的左耳，連皮帶肉地硬是把谷灣的左耳撕下來！

　　於是，驚天動地的人熊大戰，於焉展開……。

　　受到重傷的黑熊還想做困獸之鬥，卻敵不過英勇又有智慧的人類鬥士谷灣！

　　果然，人獸之爭立見分曉，黑熊體力不支，微吐舌頭地睜眼倒地，死了！

　　谷灣滿身鮮血地扶住腰刀，奮力地走到大樹底下，坐著，兩眼直瞪那隻黑熊的屍體，發呆……。

　　不久，谷灣就昏昏沉沉地睡了過去。他傷得不輕，失去了左耳以及所屬的皮肉，其他部位也有遭到熊掌抓傷的痕跡！而剛剛那一陣打鬥又耗盡了他的體力，因此當緊繃的情緒一放鬆的時候，谷灣直覺地想休息了……。

　　……。

　　不知道過了多少個時辰，昏睡的谷灣終於悠悠然地甦醒過來了。高山上的氣溫變化得很快，谷灣因為覺得寒冷才驚醒過來的！

　　大黑熊的遺體依然躺在他面前，微吐著舌頭，身軀蜷曲，好

像害怕再見到那厲害的谷灣一樣，一動也不動！

「處邁呀，處邁！」谷灣露出了神祕的微笑！他說：「黑熊呀，黑熊！你輸了！」

他抽出腰刀將黑熊的左耳割下，裝進背包裡。然後，收拾好行李，帶著愛犬力谷獠朝大武山念了幾句咒語後，邁向安全又溫暖的回家路上！

六天後，滿身疲憊的谷灣再度出現在多娃竹姑部落附近的山頭上；略事休息後，他圈起雙手放在嘴上當作喇叭，高分貝地對著部落吼叫！

雄渾、有力的呼叫特徵，村民早已耳熟能詳；因此，他一出聲，部落民眾立即認出那是他們酋長的聲音！

「是麥塞塞基浪！」有人驚叫，是酋長！

「麥塞塞基浪回來了！」

於是，部落的葛其格其本命令青年戰士迅速迎接，往酋長發聲的山頭奔去！

真是啊達喔剌麻斯保佑，麥塞塞基浪回來了。十天不到就回來了！麥塞塞基浪會不會是受傷了才回來？可是，不對呀！他在山頭上那長長地一叫，不像是受傷的人呀！

族人議論紛紛，小酋長能安然回來才是最好的消息！

「哇——」

「麥塞塞基浪受傷了！」

「快叫甫力高、巴力西，快！」

「……！」

族人終於見到了受傷的酋長，他回來了，也受傷了。

谷灣疲憊的臉上，雙眼依舊炯炯有神地注視族人的反應！他非常滿意族人對他的關懷。他欣慰地看著族人關心自己的種種表

現，谷灣滿意地笑了！

老酋長也看到了兒子平安回家，心中不由升起了一股莫名的感傷！做為一個領導者，的確要比別人多一份勇氣，還要比別人多一份擔待。做為一個領導者的父親，恐怕鼓勵要比責備多很多才對。因此，父親感傷地拍拍兒子的肩膀說：

「孩子，我很高興你能平安的回來！」

谷灣對父親難得的溫柔與鼓勵，感到受寵若驚，他獻寶似地掏出六天前割下的熊耳，高興地說：

「卡馬，這就是被我打死的處邁耳朵！」

「孩子，你真行！」大酋長接過熊耳後，嘉勉他：「你比所有的人勇敢，我以你為榮！」

「麻紗洛，卡馬。處邁的肉還在山上，放久了恐怕會被其他動物吃掉。」

谷灣提醒大酋長，熊肉放在山上的可能後果。

「很好，孩子。」父親欣慰地說：「你把處邁放在什麼地方？」

「牠在幾古拉谷勒湖畔，靠近大樹的方向，那一塊……。」

谷灣一五一十地敘述他跟大黑熊打鬥的現場地形及地貌；經常到那個地方狩獵的族人，一定不難找到那個地方！

當下，就有十數名勇士自告奮勇，紛紛請纓要上山背負黑熊的屍體回來，谷灣思索一下，挑選了七名壯士，在獵狗「力谷獠」的引路下，迅速地上山去了！

三天後，一行人果然在谷灣敘述的那個地方找到了黑熊的屍體；山上的氣溫很低，熊肉在冷凍的效果中沒有腐敗，看似非常新鮮！

帶隊者就地祭拜了「剌麻斯奴娃卡度」（族語：山神），

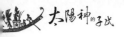
命令戰士們找了一根很粗的竹竿當作擔架，七個人輪流地抬下山來……。

1

「嗚──」

「嗚──」

六天後，嘉洛麥亞山上傳來了三聲長嘯，那是狩獵者報平安的信號，村民們乃爭相走告，說：

「麻卡竹逢回來了！」

「拉馬楞回來了！」

「……。」

人們興奮地跟著告知周圍的人，就好像那些出征凱旋的勇士，就是自己！

當然，出征的戰士也沒讓族人失望。

他們除了扛回那頭去掉內臟的大黑熊外，在路上也獵得了一頭大山豬及兩隻山羌！

當拉馬楞在山頭上發出勝利的長嘯時，機靈的力谷獠早就先回到了部落，向他的主人報平安！

谷灣高興地摸摸牠的狗頭，拍拍牠沾滿泥巴的身軀，使兩三塊乾泥巴掉下；力谷獠則興奮地將雙腳搭在谷灣的身上，狗嘴裡咿咿嗚嗚地不知想說什麼又說不出來！

那三數聲猚猚狗言，好像在對牠的主人說：

「我好累，我想休息了。」

……

同時，太陽的餘暉璀璨地照射在嘉洛麥亞山頂，漂亮的餘暉好像在向人們告別地說：「晚安！」

然後，黑色的陰影好像女巫的黑紗覆上來一般，大地也慢慢地暗沉下來了！

部落的祭師們，為迎接勞苦功高的勇士們，早就聚集在巴拉索堂，起勁地誦念祭祀經文。

谷灣也沒有閒著，他在首長專用的巴拉索堂內，靜靜地誦念經文，乞求太陽神、水神、狩獵神、山神等等神明，讓這眾多神祇能降福多娃竹姑部落，使他的族人不愁吃，也不愁穿，過著快樂富足的日子！

Kacopo, lako kaka, eima zaga malekachia vuvu!
全體族人趕快集合，迎接我們祖先的光臨！
Kachuwa novawa, kachuwa no chinavo!
帶著美酒，也帶著粽子吧！
Imazaga nakomalop, imazaga maloka chimas!
狩獵者回來了，山神、水神……諸神也來到了！

於是，家家戶戶拎著他們精緻的小米粽子和香氣四溢的米酒，向巴拉索堂集結！很快地，全體部落所有的食物都到齊了……。

拉馬楞也將狩獵得來的山豬肉及山羌肉，依部落民眾的身分，公平地發放出去；由於分配均勻，沒有一個人有怨言，每一個人都歡歡喜喜地將分得的食物抱回家！

這就是排灣族人在歷經外來政權統治數百年後，依然不滅族

的原因吧！

2

蓋嶺巴納經過了夏天的暴雨沖刷及秋季的蘊涵後，豐富的漁產已然成形；多娃竹姑部落的族人們，每在這個季節就實施乾河捕魚法，去捕捉族人喜歡吃的溪魚及溪蝦！

──Kacopro wa takalakang!（全體村民集合！）

祭祀長圈起雙手，站在部落的最高點，開始吆喝！

「怎麼回事？」有人起疑。

「會不會又要打仗了？」更有人擔心。

……

不管怎麼樣，好奇心還是讓村人很快地聚集起來了！

「乘著『弗那力』還沒到以前，我們要舉行『什蠻巴納』（族語：大河祭）！」

「甫萊！」立即有人附和，好棒！

「那喔哇格！」很好的意思。

於是，部落村民在大酋長的號召下，一致通過要辦祭大河的活動了。

部落的巫師們即刻展開祭祀的準備工作，每一個人都投入了自己分內的事……。

粗重的堵河截流的工作就交給年輕人吧！

於是，巴拉庫灣裡的年輕男子乃負責在山裡取材，並在河裡挖掘河溝，讓河水的主流能夠流到其他支流，將充滿魚蝦和螃蟹

的河流放乾，方便族人下去撿拾！

等到溪裡有用的食材都被族人撿完後，巴拉庫灣的年輕戰士再放開堵住河道的石塊及姑婆芋的葉子，使河流恢復原狀！

谷灣酋長對今年的豐富漁獲非常欣慰，乃召集部落幹部們，要好好地獎賞這些盡責的年輕人。於是，有人建議：

「為什麼不來一場『馬里卡騷』呢？」

馬里卡騷是排灣族人非常重視的活動，尤其對十五、六歲的少年男女更是具有十分的誘惑力！

不信嗎？請看下面的對話吧！

「什麼！馬里卡騷嗎？我要參加！」

「我也要！」

「我也要！」

「我一定要馬里卡騷！」

……！

「好，好！別吵了，我們辦馬里卡騷吧！」拉馬楞無奈地回答，算是答應了吧！

3

初夏之夜在營火的襯托下，顯得非常浪漫！

熊熊的營火不斷地發出火苗燃燒時的劈啪聲，圍著營火跳舞的青年男女，不知是因為興奮得臉面泛紅或者是營火的反射，每個人的臉上都滿溢著紅潤的顏色，形成一幅美麗的迷人畫面……。

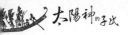

——Pata gell ah ga malicasaw!

拉馬楞雙手高舉，站在舞池中央，大聲宣布：

「馬里卡騷祭典開始！」

——vu jaiy!（萬歲！）

年輕的族人立即歡呼，他們不分男女都熱情地圍住了拉馬
楞，高興地歡呼！

拉馬楞也感動地紅了眼眶，微笑著向圍繞四周的年輕人點頭！

瘋狂的馬里卡騷於焉展開了！

領舞的資深青年，把兩腳交替地高跳起來，有如圍著彩色玉
屏的年輕舞者也跟著高抬雙腳並興奮地歡舞，遠遠望去，這跳舞
的景象非常感人！

Nosacacho wa adau la, lakosuju, whola masan wuleposss
aqgen!

每當驕陽照得妳受不了時，姑娘呀，我願變做那一片雲
來遮住陽光！

Cocaca no ahyaqn la, eneka co so lawlaven!

我愛妳呀，永不相忘！

……，

……！

於是，一曲曲令人難忘的深情歌曲就由年輕男女的口裡流
洩！它是那麼真誠，那麼美妙啊！

馬里卡騷的由來已久，流傳在排灣族人的社會也已久遠。它
的存在，讓族裡男女有充分示愛的機會；它的存在，也讓許多對
年輕人成為佳偶，說實在的，馬里卡騷功不可沒！

第四章

Coma jajeliman aga!

秋天來了啊！

Yaykowa kelomy!

秋收必須開始了！

Oyee patagill lagallchen na malovic!

五年祭展開了！

……！

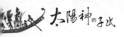

當人們不經意地望一下嘉洛麥亞山時，那一大片火紅的楓葉像燃燒般地覆蓋了整個山頭。酷熱的驕陽已經遠颺，潮濕的空氣變得涼爽了。敏感的人們乃奔相走告：

Coma jajeliman aga!

秋天來了啊！

Vaykowa kelomy!

秋收必須開始了！

Oyee patagill lagallchen na malovic!

五年祭展開了！

……！

是的，格馬捕龍（族語：排灣族原住民的特殊祭典，每五年舉辦一次，故又名為五年祭，有狩獵，愛情，豐收，出草及死亡等五組藤球，族人以竹子及木材搭建一座圓形的座台，座台的中間每隔一公尺就放置十餘公尺長的巨竹槍，竹槍的頂端用木板做圓板，中間打個大洞，將竹槍穿出約半公尺長。木板的圓形盤子上，打五到六個小洞，把尖銳的竹子穿過板子成為一座蓮花式的刺板，以方便五年祭的勇士用來搶命運的藤球！）這種只有排灣族人才有的特殊祭典即將來臨，人們興奮與期待的心情，從他們互相提醒的交談中看得出來！

格馬捕龍這種特殊祭典乃是排灣族人的先民們為乞求剌麻斯（族語：神）每五年都能照顧族人在食糧、愛情、狩獵、戰爭與敬神明方面有所庇佑。所以，他們創設了年祭。而實際上，族人將每年必須祭祀的神明集中在每五年做一次祭祀典禮，不但省時，更為族人省去了許多精神，它實在是先民們智慧的體現！

……，

……！

「甫拉里森！」谷灣叫著守在門外的年輕戰士，甫拉里森不是他的名字，而是族語：青年戰士的意思。

「喔伊！」青年戰士立即回答並跑步到谷灣的跟前說：「麥塞塞基浪，請吩咐。」

「你馬上通知所有的部落幹部集合！」

「喔伊，麥塞塞基浪！」年輕戰士領到命令後，不敢怠慢，迅速地消失在大門口！

谷灣在甫拉里森走後，立即與老酋長布拉魯彥討論祭典的細節；比方說，炸卡勒（族語：祭台前的圓形座椅，中間插著祭神長竹竿的座椅）要設多少個，邀請的部落貴賓有哪些等等重要事項。

其實，五年祭不叫刺球祭，族人一直以來就管它叫作「格馬捕龍」；只不過，格馬捕龍的重頭戲在於與祭的勇士們所搶刺的命運之球必須每五年才辦一次的緣故，才有族人叫它「五年祭」，不是沒有道理的。

大酋長布拉魯彥嚴肅地對著部落的幹部們說話：

「全體幹部們注意，格馬捕龍的祭典即將展開，我召集大家到這裡來，就是想跟你們討論這個祭典的流程與做法！」

「麥塞塞基浪，」祭祀長葛其格其本首先發言：「我建議今年的祭祀會場改在村口會比較妥當。」

「很好！」大酋長表示同意，並說：「這麼重要的祭典改在乍乍巴勒舉行，一定會發生重大效用，我非常贊成！還有意見嗎？」

「麥塞塞基浪，」巴拉卡萊說：「我們今年的收穫不錯，我

建議多釀酒，以表示慶祝！」

「可以！」大酋長裁示說，很好。

「麥塞塞基浪，我建議多殺幾頭『伊納藏』（族語：豬），也好祭祀我們的老祖宗。」

「麥塞塞基浪，我建議……。」

「……。」

大家議論紛紛，充分地顯示出全體村民們對部落舉行格馬捕龍祭典的熱烈支持與熱烈贊助之意！當然，族人無不殷殷期待它的到來……。

谷灣也非常滿意這次會議的成功！他早就規劃了一個充滿傳奇與刺激的五年祭了。

谷灣認為，在排灣族人許多祭祀中，最能表達族人對刺麻斯的敬意及最能團結族人的東西，恐怕非「格馬捕龍」這個祭典不可啦！因此，谷灣非常珍視這一次的祭祀大典，他將乞求神明，尤其是啊達喔刺麻斯能好好照顧所有族人，使他們永遠不缺糧、不缺水，快樂地生活在丘卡父龍山下……。

1

為了迎接每五年就舉行的格馬捕龍祭，多娃竹姑部落的全體人民，莫不以歡欣鼓舞的心情努力做好祭典的前置作業！例如，有人被分派到濃密又多刺的刺竹林，砍伐那些長滿刺的堅硬刺竹。依慣例，這些刺竹必須要長過十公尺以上，如果是主祭者使用的刺竹的話，更必須要找二十公尺以上的才夠威風！也有人自

告奮勇往山區採取堅實的藤條，那些長在森林深處的野藤，往往纏在巨樹上，必須花很大的力氣才能將它拉到平地，細心地砍掉藤心、藤刺後，再一綑綑地揹下山，過程的艱鉅，若非親身經歷是無法體會的！

當然，祭台的木頭座椅更重要！它必須使用堅實的楠木條。因此擔任砍木材的任務更為艱難了！不過，排灣族的年輕人是從來不怕困難的！它們與大自然奮戰的精神來自太陽神、山神、水神與老祖宗的靈魂！

排灣族人與大自然的戰鬥是不眠不休，永不妥協！

部落裡的婦女們也沒有閒著，他們必須舂好糯米，浸泡一天後，次日再以木樁打成流汁狀，裝在水袋讓水瀝乾，第二天就可以包在月桃葉內蒸熟，變成香美的食物了。

也有人奉派到釀酒的隊伍裡，整天忙著舂米、放在藤製的圓盤上，一方面雙手用力篩選糯米，一方面嘴巴用力吹掉糯米裡的雜質、木屑、毛髮或其他雜物⋯⋯。

當所有糯米都整理乾淨後，巴拉庫灣裡受訓中的男女青年們，協助老年人將糯米一鍋鍋地煮成半生不熟的米飯；然後，再將這些放在芝盆（族語：用以篩選好米的一種正圓形的平底藤具）裡，拿到太陽底下曝曬半日，並讓自然風吹乾後，請有經驗的長者將酵母菌平均地灑在糯米飯上，並喃喃有詞地祭告剌麻斯奴娃發哇（族語：酒神），懇請祂賜予好酒、好味道，才能釀得出一甕好酒來！

同時，經驗告訴人們，當年米酒釀的好壞，將與當年部落族人的收成與狩獵成果有相當關係！也就是說，族人當年所釀造的米酒如果良好、清新、香甜的話，族人的收成一定是豐年；反之，苦日子便來了。因此，凡是輪到釀酒任務的村民們，莫不全

力以赴，盡力釀造出最香最甜美的好酒來！

　　還有一些人也在忙碌的人群中活動。不過，他們只能默默地聚在麥塞塞基浪的府第內，製作一些不包任何內餡的粽子，那些是用以供奉神祇的祭品。

　　更年輕一些的甫拉里森們，則負責清理部落的環境衛生！他們的工作範圍是部落所有環境的整理和清掃；尤其對部落裡的孤獨老人與患有重病無力灑掃環境者，都會主動地幫助他們。

　　最辛苦的要算被派到鄰村通報部落即將舉行五年祭，希望貴村的頭目及幹部蒞臨指導。

　　其餘的年輕人，就得負責幫助孤苦人家挑水、砍柴、舂米等等粗重的工作，好讓無力自助的部落族人也能感受到族人舉行五年祭的真義！

　　「麥塞塞基浪，炸卡勒架好了！」

　　等待的這一天，終於來了。巴拉庫灣的拉馬楞匆匆跑來，氣喘吁吁地說：「祭台工程完工了！」

　　老酋長布拉魯彥正在屋裡與部落幹部們討論五年祭的進行方式與細節，無暇顧及外面的事物，乃自然地吩咐他的兒子說：

　　「谷灣，你去看看，回來告訴我。」

　　「喔伊，卡馬！」

　　谷灣難得回應父親叫卡馬，亦即族語所說的父親。因為，在平常的日子裡，谷灣總習慣性地跟族人一樣，尊稱自己的父親為麥塞塞基浪，那是很自然的事！

　　谷灣一說完，匆匆跑到了五年祭現場！他非常仔細地檢查了祭祀者所有的座椅，那種羅馬競技場式的圓型會場。每一張座椅中央都架設了一根長約十公尺的竹竿，竿子的頂端就裝著一個圓型的木板；八至十二支尖銳的細竹刺，則分別自圓盤的中間

突出，形成了一個帶有尖刺的圓盤，被托在又長又大的竹竿頂端……。

老實地說，那種不太硬的藤球被它刺中的話，沒有不被扣得牢牢的道理！

「卡馬，經過詳細檢查，我找不出有什麼毛病，炸卡勒完工了！」

谷灣一回來，非常自信地回稟父親，炸卡勒建好了。

「那喔哇格！三天後，格馬捕龍開始！」大酋長布拉魯彥肯定地點點頭，然後宣布：全體村民動起來了！

其實布拉魯彥酋長所宣布的三天後祭祀的日子，絕不是出於他個人的喜好而定的。他是根據先民們的曆法經驗所得出的日子，平凡人是很難猜測出來的。

當布拉魯彥酋長決定要辦五年祭時，即在酋長的宅第內念了一段巫師經文，請天上的剌麻斯奴娃阿道（族語：太陽神）、剌麻斯奴娃沙洛門（族語：水神）、剌麻斯奴娃喔佳樂（族語：雨神）等等不勝枚舉的神明下來，然後，再念一段「得哉道勒」經文，請地上曾經不得好死的鬼魂一起來到部落，共享人間美味的祭品。

布拉魯彥酋長就恭恭敬敬地取出被他磨得光亮的「伊沙伊斯」（族語：排灣族人的一種巫術，從伊沙伊斯被拉斷的竹片橫斷面的長短縱橫位置上，可以看得出事件會在什麼時候、什麼地方及什麼人身上發生），再小心翼翼地放在地上，把有刻度的仰面朝上；接著，谷灣驅趕了在附近觀望的族人，留下父親一個人，他靜靜地與天地鬼神們做沉默的溝通後，拿起半截的竹片在「伊沙伊斯」開口的地方用力一拉！只聽得「唎」的一聲，竹片立刻斷成兩截，呈現出長短不一的橫切面……。

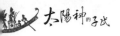

布拉魯彥小心地觀察解讀後，神祕地告訴他的兒子：

「根據伊沙伊斯的橫斷面來判斷，我知道，當伊拉斯初升的時候，舉辦瑪勒服客是最好的時機，因此，我們就在三天後舉辦『格馬捕龍』！」

祭祀的日子就這樣決定了！

依照往例，酋長往往把最直最長的刺槍留給自己，還特別在座椅上綁住紅色布條，也把銅鈴綁在刺槍的中間，好讓刺槍搖擺時，銅鈴發出叮噹叮噹的響音，引起圍觀群眾的注意！

同時，根據與祭者的社會地位，將竹槍的長度慢慢縮短到與平民相同為止。當然，每一個人都相當清楚自己在部落裡的定位，也就不會發生你長我短的紛爭了！

平心而論，神治時期的遊戲規則是，酋長就是領袖，他代表太陽神、代表部落，也代表一切的榮耀！

雖然如此，谷灣對即將來到的盛大祭典，仍然覺得不滿意。籌備工作不夠紮實、甫力高念經不夠熟練等等繁雜事情困擾著谷灣，害得他食不下嚥，不知如何是好……。

「谷灣，拉古阿拉克！」大酋長實在看不下去了，乃安慰谷灣。他說：

「每一個人都有第一次，你現在遇到的難題，也就是我多年前的經驗啊！」布拉魯彥繼續地安慰兒子，說：

「當年我也跟你一樣，對部落裡發生的每一件事，我們都十分惶恐，自己處理不了。還好，我不久後遇到一位非常有智慧的長輩指點，我不再恐懼，也不再迷惘，迅速地進入狀況，把部落帶領得非常平順！」

「麻紗洛哇卡達，卡馬！」谷灣衷心地說：「父親，非常感謝！」

父子倆的私下溝通，的確發生了正面效果。谷灣重新見到了光明的遠景，更打開了悒悶已久的心門，他變得更快樂了。老酋長也開心地猛抽他自己做的竹製菸斗，使裊裊香煙，氤氳地充滿房間……。

多娃竹姑部落的人民好像得了什麼怪病一樣，每一個人都在極度亢奮的狀態下，殷殷地期盼著「格馬捕龍」的來到！

2

當第一道陽光射向沉睡中的巨人——大武山時，敏感的公雞發出了第一聲雞鳴！

於是，火紅的太陽打太平洋的海平面冉冉上升，勤奮的多娃竹姑人個個提著盛水的木桶、竹筒，匆匆地走向兩公里外的巴納去汲水，展開了忙碌的一天！

然而，這些例行性的工作，今天好像不一樣了？

部落靜悄悄地，只隱約地聽到被壓制及噴發的咳嗽聲，偶爾，也會傳來狗吠之聲……。

甫力高們不待通知，一大早就已聚集在巴拉索堂，認真地誦念「格馬捕龍」的經文。

青年戰士們個個全副武裝的排列，一直到乍乍巴勒的道路兩旁，充分地展現了多娃竹姑部落強大武力！

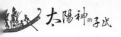

「鈴，鈴，鈴！」

清脆的鈴聲由遠而近，人們立刻警覺到，該通知鄰村派出去的勇士們回來了！於是，紛紛地從屋裡站出來，好奇地直盯著鈴聲發出來的方向！

果然，各組人馬陸陸續續地回到部落，報平安！

部落人們迫不及待地迎向剛回來的勇士們問道：

「嘉機格勒的麥塞塞基浪會來嗎？」

「會！」使者一面喘氣，一面回答。

「鷺娃發納谷的麥塞塞基浪怎麼回答的？」有人關心對岸部落酋長會不會參加五年祭，發問道。

「會的！」辛苦的使者喘過氣後回答。

「那，拉里巴部落的多納麥塞塞基浪，會來嗎？」

「會的。」

「嘉谷埔的嘉淖麥塞塞基浪會來嗎？」

「會來的！」

……，

……！

族人們不厭其煩地一一追問，每一位使者也很有耐性地回答了他們的發問。他們在一來一往之間，也都得到了他們所要知道的訊息，大家都放心了。

「伊呀──喔里──拉普普拉──！」

突然，方場上響起了宏亮的祭歌！那聲嘹亮又渾厚的祭歌，發自那位高大的男性，他正站在祭台的前方，歌頌著：我們敬愛的祖先們啊──！

那個人就是本部落多娃竹姑的巴拉卡萊，一個能主持各種祭

典的好手！

　　他站在類似羅馬競技場的橢圓形祭台的正中央，左手拿著一根長繩，繩子的下端綁著一顆藤球，正威風八面地領唱祭歌！

　　他的四周則是高坐刺球台上的四十五名壯漢，他們雙手握住巨大的刺竹下沿，刺竹的頂端則是扒開的尖銳刺竹，分別穿過木製圓盤的八個小洞，成為一個向天伸長的八支長刺，等待刺中五年祭中五種命運的武器！

　　「喔──！」

　　主祭者一聲長嘯，他手裡的那顆藤球應聲衝向天際！四十五支長槍像一隻隻飢餓的野獸，一起向正在落地的藤球搶食！

　　「卡朗！」四十五支長桿發出了碰撞時的撞擊聲，響徹雲霄，震撼人心！

　　「嘩──啦──」

　　竹槍再度拉開，竹槍在搶球時因為太過大力，發生了沾黏現象，因此，拉開時發出了嘩啦啦的聲音！

　　「哇──嘉淖！」

　　人們在驚呼聲中看到了勝利者，他是嘉谷埔的大酋長，人稱「法尾──嘉淖」的人。嘉淖的專長就是狩獵，而他最常捕捉到的獵物就是山豬，因此他在部落裡贏得了「法尾──嘉淖」的稱號，不是沒有原因的。

　　嘉淖不愧為部落英雄，他不疾不徐地輕輕把竹杆拉回座椅上，果然，那顆代表豐收的藤球，正牢牢地插在他的刺竹上面！

　　「福載！」主祭者大叫，萬歲！

　　「福載──！」與祭的勇士們也一起歡呼，萬歲！

　　主祭者依照往例，從一旁的簍子裡取出一束小米串，從容地走到嘉淖的座椅前，將小米串別在他的胸前；然後，再後退三步

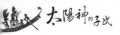

向嘉淖微微鞠躬說：

「麻撒洛哇門，拉刺麻斯！」（族語：感謝神明）

「依告告服哇，尼亞麻撒洛灣！」（族語：請接受我們的謝忱）

——伊呀——喔里——拉普普呀——

方場的一隅又響起了引唱者渾厚的歌聲，那一曲繚繞的歌聲，立刻充斥在所有人的耳朵裡，震撼人心！

「嗚——」

令人振奮的一吼，主祭者將手裡代表狩獵之神的藤球，使力地往空中一拋！

藤球就像一團火球，迅速地扶搖直上，只差一點就看不到了……！

「卡朗！」

清脆的竹槍撞擊聲響起，藤球回到了地面，被眼尖的四、五名壯漢看到了，奮力地推杆搶球，發出了震撼人心的聲響！

「哇——」

「多納，拉里巴的多納刺中了！」

「怎麼會是他？」有人懷疑地說。

「是啊！他是外來的麥塞塞基浪，不可能是他！」

……。

人們議論紛紛，沒人相信剛剛發生的事是真的。但是，事實上，愛情的藤球真的讓拉里巴部落的多納酋長刺中了！此刻，那一顆愛情的藤球，正威風凜凜地掛在多納酋長的刺杆上呢！

主祭者巴拉卡萊懷抱著戒慎恐懼的心，把象徵勝利的一小串小米穗別掛在多納酋長的胸前！然後，他繼續了五年祭的隆重行

程！

　　壯士們不厭其煩地重複傳唱祭歌。偶爾，有一些不聽話的孩童靠近祭台，好奇地往裡張望，但很快就被大人拉出去！

　　——伊呀——喔里——拉普普呀——

　　方場上又響起了主祭者巴拉卡萊宏亮的祭歌，壯士一方面微微地搖動手裡的長矛，一方面努力地跟著高唱祭歌；另一方面，他們聚精會神地注視著主祭者手裡的藤球，心裡盤算著，第四球，刺麻斯奴娃伊克欺（族語：戰神）要出場了！

　　果然，巴拉卡萊舉起藤球大叫：
　　「嗚——嘉卡拉伍斯（戰神之名）來了！」
　　「格其巫！」（族語：殺了他！）
　　「格其巫！狄莎嘉卡拉伍斯！」（族語：就殺了戰神呀！）
　　「格其巫！嘉阿拉！」（族語：殺了我們的死敵啊！）
　　……，
　　……！
　　瘋狂的叫嘯淹沒了大地，人們變成了一窩嗜血的螞蝗，不斷地抖動身體，不停歇地狂吼，彷彿世界末日已到！
　　良久以後，巴拉卡萊平靜地張開雙臂，示意人群安靜！
　　漸漸地……
　　漸漸地……
　　漸漸地……

　　人群終於恢復了平靜，沸騰的心情終於平淡下來！
　　有一股微風，徐徐地吹向人群！

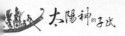

　　族人慢慢地坐在地上，靠在樹旁，倚靠親人的肩膀，不再說話，更不想再狂吼了！！

　　沒有人能刺中戰神的藤球，因為，戰神是屬於每一個排灣族人的勇士們！戰神嘉卡拉伍斯曾經說過：

　　「只要有勇氣，只要敢衝鋒陷陣地戰鬥到死，我就與你同在！」

　　這個神話故事，打從排灣族人的祖先創設了格馬捕龍的祭典開始，就存在於每一個人的心中了！

　　──伊呀──喔里──拉普普呀──

　　主祭者的歌聲再起，方場上的勇士們也跟著合唱：

　　──伊呀──喔里──拉普普呀──

　　每一個人都明白，五年祭的最後一球是什麼球，卻沒人願意說出來，因為那是：

　　惡運的球！

　　主祭者將那顆代表死亡、壞運、疾病等等不吉祥的球，從祭台的下方丟出去！

　　「呸！邁牙阿曼之斯！（族語：永不回來）」

　　「呸！」

　　「呸！」

　　……！

　　五年祭會場的所有人，不管識與不識，都紛紛向惡運之球吐口水，表示深惡痛絕地不歡迎它到來！

　　勇士們也紛紛從座椅上跳出來，狠狠地踢走了惡運之球！

　　多娃竹姑部落所有的人，不分男女老幼，也都出來踢走了惡運之球，五年祭於焉終了！

第五章

Kilobolb imaza hoeno laligowan!

光榮的戰神啊,請就此下凡來!

Lezavuwamen, la ahdawu, toki tiema ah pagawu gavan!

偉大的太陽神啊,請明示祢將降福予何人!

Nolaleoqwan sou maya sekevagavan!

如果你想擁有名聲,你不要猶豫啊!

Maya loma labigana, paka kenologano!

不要走邊緣路線,保持正確的中間走法!

Pakakaliyollyos, canaka kabelelaga!

勇者無敵,最後的勝利屬於堅持到底者!

……!

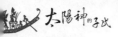

古溜不見了！

「有誰看到我家的古溜嗎？」

古溜失蹤的次日，他的父母親就四處打探，希望有人能告訴他們，古溜去了什麼地方。

「我們才格馬洛捕回來，沒看到他！」

背著沉重行囊，才剛下山的族人這麼回答他，也看得出他一臉的無奈。

「我們昨天在給林（族語：指台東縣的大竹高溪）捕魚，並沒有發現古溜的蹤跡。」

正在用餐的族人表示沒看過古溜。

「麥塞塞基浪，我們問遍了所有人，都說沒見到我們家的古溜啊！」古溜的父親向酋長求救。

「好端端的一個年輕人，怎麼會突然不見了呢？」

「莫非是被人殺了？」

「像是遇到隔壁部落的『麻依那炸迫』嗎？」

「糟糕！剛剛有人來報，他發現了一個沒有烏盧（族語：首級）的男人屍體。」

「麥塞塞基浪，在哪裡？」

「就在我們部落上去不遠的加澗（族語：水源地）！」

「那還等什麼？走！」

「走！」

於是，酋長、失蹤者家屬和一些多事的部落民眾，迅速地往水源地去了。

加澗雖然是部落的水源地，但它距離部落很遠，加上平時往來汲水的人也不多，因此，道路兩旁長滿了雜草，稍一不留神，有可能踩到正在乘涼的毒蛇！

「啊！古溜──」

雖然沒有了首級，但古溜的家人一見到他的衣著就立刻辨認出來，脫口叫出他的名字！

「嗚──是什麼人殺了你啊！」

「……！」

古溜的家人傷心地哭著，可以想見，好好的年輕人，只是出去挑水而已，沒想到卻變成了一個失去頭顱的屍體，真令人傷心！

「好了，別難過了。」酋長胸有成竹地說：「我們從死者被切割的習慣上判斷，這些兇手是上部落的人。最大的特徵是，上部落的人在殺人割頭後，會在死者的身上吐一口檳榔汁，表示讓死者的陰魂不可以跟兇手一起走！」

「麥塞塞基浪真厲害！」族人信服地讚嘆！

領導者在許多方面都必須是佼佼者！麥塞塞基浪的這一套說法，深深地感動了他的族人。難怪大家都說，麥塞塞基浪是太陽神的化身與代言人，一點也不錯！

……

部落的勇士們忍不住對往日戰友的不幸遭遇，由衷的發出至情至性的哀嚎！但是，他們在痛哭以後，仍然把失去首級的古溜遺體順利地運回部落的乍乍巴勒安放路邊。因為根據族人的習慣，凡是意外死亡的族人都要埋葬在村口外的墳場，已表示與壽終正寢被埋葬在墳場的族人有所分別。

大家在極端不得已的情況下，只好將昔日的戰友、好朋友，草草的埋在巴部斯卡曼，免得往生者的鬼魂作怪！

當然，谷灣沒有一時一刻忘了他的諾言：

──以頭易頭，以血還血！！

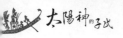

……

上部落的那些人，在割下了古溜的首級後，正在興高采烈地大肆慶祝！而多娃竹姑部落的勇士們無一是貪生怕死之輩！

他們當然而然會復仇，不是嗎？！

「麥塞塞基浪，麻伊那炸迫！」

「我們要麻伊那炸迫！」

「麻—伊—那—炸迫！」

……

嗚！！……

終於，憤怒的情緒炸開了！

多娃竹姑部落的族人要求復仇的聲音越來越大聲，人們殺人復仇的情緒像滾滾的巨流一樣的激動，擴散，乃至於咆哮！！

族人要祭神，他們要祭告啊達喔刺麻斯，他們的古溜不可以冤死！！

多娃竹姑的族人豈可隨便讓人出草？！

戰士們圍繞在營火的餘燼旁，努力地喝出已逐漸沙啞的戰歌，拖著蹣跚的舞步，而雙腳不聽使喚地打轉！他們的舞步逐漸凌亂了……

但是，他們依舊興致高昂，不斷地唱著那些只有神鬼聽得懂的祭歌！！

A cue mevva chia vuvucuaga,a sajatagell aga!

創世紀的祖先們遺訓是，

A chawuchicall nowa,nesa chagalaueus.

偉大的戰神嘉卡拉伍斯說的，

Naemaee tocho,

是這樣說的，

Tolotogo sosewago,chiatokalas dennihin

團結、奮鬥！我們是一條線上的勇者！

Auanegata aouuchung,lotomode lalevowan!

殺戮的日子已到，我們要勇往直前！！

……

……

　　古溜的首級被高掛在祭台上，他正是這群兇手們的戰利品！而這些兇手們，為了慶祝擄獲了古溜的首級，他們拼命地狂舞了三個晝夜！

　　更讓這些兇手們振奮的是，年輕的古溜正是嗜血的嘉卡拉伍斯最好的祭品！

　　谷灣酋長一行人，在躲過了上部落嚴密的警戒後，機靈地摸到了敵人部落裡，神不知鬼不覺地溜到了祭台附近，正遠遠地看著古溜被吊掛祭台上的首級！

　　族人們清楚地看到了自己族人是如何地遭到屈辱，滿懷氣憤的戰士們更是恨不得一刀就砍死那些正在慶功的兇手們！！不過，聰明的谷灣並沒有魯蠻地衝出來送死！

　　他冷靜地告訴他們：

　　「馬上退到加潤！」

　　「喔咻！」

　　於是，他們又鬼魅般的退出部落，悄悄地摸到了上部落的水源地──加潤！迅速地擺開了戰鬥陣勢，靜待獵物上門！

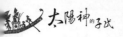

果然，不出谷灣所料，勇士們發現了兩名男子，各扛著竹籠，匆匆地爬上加澗，蹲在水池旁開始汲水！

谷灣只比了一個往下切的手刀，兩名戰士奉命行事，不一會兒工夫，那兩名汲水者在毫無防備的情況下，兩顆人頭落地了！戰士們提著戰利品，跟在酋長的後面，迅速離去！

「嗚……，

嗚……，

嗚……！！」

甫抵村口，谷灣下令那兩名獵殺人頭的英雄，對著部落高聲吆喝，告訴族人他們出草成功！

族人聽到吆喝後，幾近瘋狂的迎向山頭，帶領那些出草的勇者回到部落。然後，勇士們清點獵獲的人頭：

「Eta,loosa，嗯，不錯！二顆人頭！」

而出草的七名戰士，一個不少地回來了！

這真是一次成功的出擊，他們不但擄獲了兩顆敵首，出草的勇士也都平安地回來了！

谷灣，這位英姿煥發的新首領，更是完成了他生平第一次完美的出擊！

古溜的血沒有白流，上部落殺了我們一顆人頭，我們卻加倍地砍回兩顆人頭，公平吧？！

第一天——

巴拉卡萊（族語：大祭師）召集了部落的全體甫力高聚集在巴拉索堂唸經，召喚被割掉首級的鬼魂趕快來到祭台前，多娃竹姑的人們已經備好豐盛的菜餚，就等你們來享用！

族人為配合「得茂道勒」（族語：招魂祭），也會真的煮一

些美食來應景。不過,他們只象徵性地拿一小撮食物交給甫拉里森送到巴拉索堂聚集,好讓前來參加出草祭的鬼魂們吃飽了,也喝足了。據說,神鬼的食量非常小,所以,祭祀的食品只要象徵性的就好了。

　　不久,得茂道勒的準備工作完成了!⋯⋯

　　大酋長谷灣在巴拉索堂的正前方站立,嚴肅地監控現場正在進行的得茂道勒,防止祭師們因一時的疏忽而破壞了儀式的進行!因為,這些砍自上部落的人頭,還沒有得到酋長正式的巴力西,他們的魂魄依舊在人間亂闖!

　　根據古老的傳說,戰士們擄獲的首級必須由部落的祭師們唸經,安魂後,再裝入「巴布烏盧烏盧灣」(族語:骷髏頭架。)後,初步的安魂才算完成。

　　這一趟出草的有功人員分別為卡比、卓追以及斯馬西樣。他們在得茂道勒的儀式中,更扮演了重要角色。

　　卡比不愧為多娃竹姑的勇者,他第一個衝進了上部落正在祭祀的人群中,順利地刺殺了一名男子,並迅速割下人頭就衝出去了。因此,在招魂祭的現場,他被安排坐在大酋長的右邊,那是無上光榮的座位!

　　卓追不願落後太多,他又衝入人群中,迅速地刺殺了一名上部落的男子,順利地切下人頭後,馬上回到部落的勇者,他受邀坐在大酋長的左側。

　　斯馬西樣勇猛無比,在眾多上部落男丁的追殺中,他毫不畏懼地拔刀迎了上去!巧妙地割下了靠近他的男丁頭顱,迅速地回到部落的巴拉索堂將血淋淋的首級獻給了太陽神!

　　谷灣依據勇士們回來的順序,命令他們站立在他的身旁,接

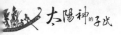
受太陽神的賞賜！他們並分別受封為部落勇士，也分得了大小不同的狩獵區域，供他專屬的獵區，其他村民不可以闖入！

第二天——

什蠻巴納開始了。

多娃竹姑部落的前面就是魚蝦豐富的吉靈巴那，族人的祭祀自是方便了。

巴拉庫灣的青年男女，在拉馬楞的分配下，乃組成了材料組、飲食組、捕魚組……等等分工，所有的年輕人都被分配到了屬於自己的工作，分別到山上採取寬大的野生芋的葉子及桂竹等材料。也有人被派到溪邊搬動大石頭到溪裡，將大水導引到另一條小溪，如此一來，主要溪流的水乾了，魚蝦、螃蟹也就可以讓人們一籃一籃地揹回去享用了。

第三天早上，……

「卡俄部，卡俄部哇打阿拉阿欄……」

巴拉卡萊圈起雙手，對著全體民眾宣布全民集合！

每一個人都嗜血，今天是麻伊那炸迫的好日子，大家莫不興高采烈地奔向頭目的廣場集會！

廣場上，那三具高掛在竹杆上的首級已經取下，排在祭會的正中央，陣陣惡臭瀰漫廣場，人頭開始腐爛了！

Tesa adadawu la, panchezuwaga imaza, leyaw sa neya pakechugall chanosoon!

太陽神啊！請光臨本部落，我們已經備有好酒好菜，等祢享用！

Pacolige yaman, patavuolake yamen towa kaki magowaqn!

請幫助吾民，得到許多寶物！

Wola niya pachicole yaga towa jamok nowa niya ala!

吾人將以血還血，以肉易肉地迎接我們的敵人！！

……

……

祭禮持續進行中，圍觀的民眾個個摒息以待，深怕一個不小心，就破壞了這個神聖的祭祀！

谷灣酋長祭祀後，從容的走向祭台，伸手從架上拿一個腐敗中的首級，大叫：

「谷阿辣！」（族語：我的敵人！）

然後，就著朦朧的晨光，狠狠地咬下一塊腐肉，面不改色地用力吐到火堆裡，一股難聞的屍臭味散發開來！瀰漫在祭壇周圍。

谷灣酋長從容地提起酒甕，就著甕口喝下一大口烈酒，再漱口三五下即吐掉，再漱口，吐掉！

「拜，阿步。」（族語：來吧，吃檳榔。）

谷灣沉默地接過一組包好的檳榔，就往口裡一送，開始咀嚼，有一股清新的檳榔味瀰漫現場，空氣中的臭氣立消，取而代之的是檳榔的清新氣味。

「谷阿辣！」有人大叫！

「谷阿辣！」馬上有人接上口，大叫我的敵人！

「嗚……」

「嗚……」

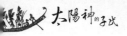

參加出草的所有戰士們，都跟著叫囂！

於是，多娃竹姑的人們開始體會到，出草殺人原來是如此的迷人呀！

老麥塞塞基浪生病了。

身體一向硬朗的他，忽然覺得全身無力，視線模糊起來，而且，只要走一段路，就覺得很喘，很辛苦……

「拉馬楞（族語：老年人）真的不好，走不了幾步就會喘氣！」

「要是莎婉在就好了！」

莎婉是布拉魯灣酋長的老伴，不幸在三年前生病先走了。老酋長非常自責，他老覺得老伴的死是他沒能好好照顧有關！

「谷灣在母親往生後，也曾經用盡各種方法安慰父親；但是，沒有用的。原因是老酋長每念及老伴的等候，那種椎心之痛不是任何人可以安慰他的。

痛，還是永遠的痛！

到底是什麼鬼怪附在老酋長的身上呢？憑他神奇的巴力西方法，也沒能救得了酋長！

「一定是莎婉在作怪。」老酋長自言自語：「她說她一個人在那邊太寂寞了！她要我陪她去住一陣子！」

解鈴還需繫鈴人，老酋長終於說出了他的病因！

旁人乍聽起來會有點玄妙，不過，老酋長既然說得頭頭是道，也由不得你不信。

「你叫谷灣進來，我有話說。」

老酋長對站在門口的青年戰士說，又吃力地坐在床沿，就等兒子進來……

「卡馬，你好一點了嗎？」

甫一進來，谷灣就關心的向父親打招呼！

老酋長正坐在床沿抽煙，兒子看到了以為父親的病體已經好轉，表現得有些兒高興！

有一股暖流湧上了大酋長的胸臆中，他很高興，養出了這麼貼心的兒子！不過，那句擱在心頭已久的話，突然想起，他說：

「谷灣，你過來，我有話跟你講。」

谷灣什麼也不說，乖乖地坐在他父親的身邊，兩眼開心地看著父親……

「我最近常夢見你的伊娜（族語：母親），她說，她好想念我。」

「卡馬，伊娜走了兩年多，你才夢見她？」

「是啊，我想念她吧？」

「卡馬，你夢見的那個伊娜不是真正的伊娜！」谷灣看到父親魂不守舍的樣子非常不忍心，乃安慰他：「你夢到的那個人不是伊娜，她是化身成伊娜模樣的卡克滴單（族語：惡魔）！」

「可是，谷灣呀，」父親力爭：「她的確是你的伊娜呀！」

「絕對不是，如果她真是伊娜的話，為什麼不來我夢中，我也一樣很懷念她呀！」

「……！」

老酋長不再搭腔，默默地坐在床沿沉思！他在想，谷灣真的長大了，他不但會獨立思想，還能把帶出去的戰士安全帶回來！」

老酋長想著想著，他滿意地笑了。

「谷灣，我的孩子！」布拉魯灣老酋長拉住兒子的手說：

「卡馬老了，我去見你伊娜的時間快到了！因此，你要隨時有接任麥塞塞基浪的準備。現在，我告訴你：

第一，你一定要在啊達喔剌麻斯的神像前發誓，在祂的見證下，你已經是多娃竹姑部落的麥塞塞基浪。

第二，你要統領丘卡父龍向陽地區一百零八個部落的子民，遵奉阿達喔剌麻斯為萬神之王！

第三，嚴格遵守阿達喔剌麻斯的全部戒律！

以上的聖訓，你記住了嗎？」

「我記住了，卡馬。」

布拉魯灣不禁滿意地笑了！

當夜，布拉魯灣老酋長帶著子孫們的祝福，完美地往生了。

1

麥塞塞基浪往生了！

多娃竹姑部落人民最敬愛的大酋長布拉魯彥走了！

每一個人的臉上都帶著萬般不捨，卻無奈老酋長年紀大了，加上日益思念去世的老伴莎婉，造成他日益衰老的身體加速崩潰！因此，當熱鬧的出草祭結束後，老酋長終於倒下，在某個安詳的夜裡斷氣，結束了他精采的人生！

谷灣強忍著失親的悲哀，指揮巴拉庫灣的戰士們在自家客廳的中間，打開的「魯凡」（族語：排灣族人的祖先為避免傳說中的食屍族『吉莫特』盜屍並吃掉親人的遺體，乃流行埋屍屋內的奇特『屋內葬』。因此，家人往生後，就在自家客廳中央挖掘深

洞，將往生者埋在屋內。因為埋得夠深，所以，從未有屍臭溢出的事情發生。）打開，把父親的遺體往洞內塞進去，並取一些沙子填補在新墳上，一點也看不出有任何異樣！曾經受布拉魯彥冊封為巴拉卡萊的大祭師，懷著戒慎恐懼的心情，率領全部落的祭師們，非常認真地誦念經文，祈求太陽神帶領老酋長到達傳說中的神的部落⋯⋯。

Kilobolb imaza hoeno laligowan!
光榮的戰神啊，請就此下凡來！
Lezavuwamen, la ahdawu, toki tiema ah pagawu gavan!
偉大的太陽神啊，請明示祢將降福予何人！
Nolalqowau son maya sekevagavan!
如果你想擁有名聲，你不要猶豫啊！
Maya loma labigana, paka kenologano!
不要走邊緣路線，保持正確的中間走法！
Pakakaliyollyos, canaka kabelelaga!
勇者無敵，最後的勝利屬於堅持到底者！
⋯⋯！

祭師們在隆重的祭儀結束後，乘遺體尚未僵化時，立即進行「格莫之骨之」，就是由大祭師將往生者的遺體立起來，然後將雙膝曲折成坐姿，再將雙手環膝抱住，將頭顱往兩膝中間壓下去！取一條長藤將遺體綑住，這就完成了一半的動作！

最後，將蓋在魯凡上面的石板移開時，所有孕婦、小孩、生病的老人等等人物都要迴避。然後，把往生者捆好的遺體慢慢地放入魯凡，再蓋回原來的石板，覆上厚厚的泥土後，這種隆重的

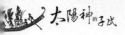

「屋內葬」才算完成!

　　谷灣非常不捨地踏入屋內,那些未乾的泥土,彷彿隨時會迸裂,父親那炯炯有神的眼光會突然張開來看他!

　　可是,這一切只是想像而已,往生的父親將永遠不再回來了!

　　啊,失親的痛苦有誰能體會呢!

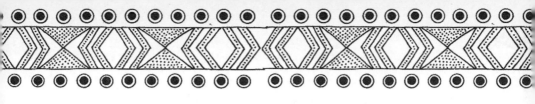

第二部

長夜

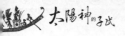

　　一八九五年中日甲午戰爭結束，雙方在日本的馬關簽下和平之約，清廷將台灣與澎湖列嶼割讓給日本人，台灣原住民的日子與居住在都市和平原的閩南人一樣，陷入了深沉的長夜，前後痛苦地熬過了五十一年的悲慘歲月！

　　日本人侵台以前，台灣原住民與居住平地的閩南人或客家人，一直保持著數百年良好的互動關係。族人的民生必需品都仰賴平地朋友以物易物的方式公平交易，因此，甚少發生衝突！而平地朋友們所喜愛的山產物，如：獸皮、鹿茸或木耳、木材等等東西，也都由原住民朋友的手上取得的。然而，自從日本人來台後，這些原始、自然卻不失公平的交易遭到禁止，他們雙方的心情都非常不滿！

　　一向都是自由自在縱橫在山林水湄的排灣族人，一旦受到了外力的限制，這個不能做、那個不能做的時候，可以想像他們的心裡有多麼的不滿和憤慨！

　　但是，驕傲的日本人根本沒想到原住民同胞的不滿，他們認為日本人最優秀，大和民族最聰明！而那些沒開化的原住民，都是一群愚笨的「番人」，他們根本不值得讓高尚的日本人去關心！因此，傲慢、偏見、歧視原住民就變成了日本人在原住民同胞的心目中深刻的惡劣印象！

Lo lo to go,losolio go; Chia la kalasodan nechon!

太陽神及所領導的眾神們啊，我們是一支堅強的團隊！

Luanaga chia suvochan, Lilu mude lali gowan!

無論發生了什麼事件，我們永遠是一支勁旅！

Lhia makichi nilmmaco, jouenoka, chan nowa vovo!

讓我們勇敢的面對困難，以答謝祖先們的照顧！

「麥塞塞基浪，拉里巴部落的甫拉里森求見！」

輪值「乍乍巴勒」警衛勤務的少年戰士，匆匆地來到酋長跟前，神色緊張地報告！

「讓他進來。」甫接酋長職務的谷灣告訴他：「你再繞到巴拉庫灣叫葛其格其本來這裡，我有事要跟他討論！」

「是！」甫拉里森銜命而去！

拉里巴部落就在多娃竹姑部落的對面山上，中間只隔了一條大竹高溪而已。自從谷灣的祖先們在發福勒岸上面建立了部落之後，拉里巴有利的地理位置就成為多娃竹姑部落相互呼應的好鄰居、好朋友！因此，兩個部落間建立了良好的友誼，經常有良好的溝通關係！

「麥塞塞基浪，」拉里巴部落的少年戰士，恭謹地向谷灣下跪致敬！

「啊！馬亞麥打素哇！」（族語：不可如此）谷灣連忙制止他：「有什麼事？」

「我奉了我們麥塞塞基浪的命令，要我告訴你，老迪亞（族語：指漢人、統治者的意思）離開了邦累（族語：大武街的總稱）！」

「什麼！」谷灣有如五雷轟頂，打斷了使者的話，驚奇地問他：「老迪亞走了，為什麼？」

「是的，麥塞塞基浪。」甫拉里森鎮定地告訴他：「我們麥塞塞基浪另外要我跟你說，你明天要跟他去邦累開會。」

「什麼會？」可憐與無知的谷灣，他居住的地方已經易主了還不知道，日本人來了！

「好像是老迪亞被什麼日本人趕走了，是日本人的頭目要跟我們麥塞塞基浪開會的啦！」

「什麼是日本人？日本人是什麼東西呢？」谷灣仍然一臉的狐疑，如此問使者。

「麥塞塞基浪，我不知道，真的不知道。」使者無奈地說：「你明天去了，不就知道了嗎？」

「說得也是！」谷灣的思緒被這個什麼日本日本的東西搞混了，經拉里巴部落的使者一說，心裡立刻有了底，這樣告訴使者：「你回去跟你的麥塞塞基浪說，我明天一早在邦累橋的北邊，那間陳老闆的雜貨店等他！」

「麻紗洛！」使者有了答案，高興地回答。

「加法加非！」（族語：甭客氣）谷灣禮貌地回他，又問：「你知不知道，還有哪些部落的麥塞塞基浪要去開會呢？」

「麥塞塞基浪，這個我就不太清楚啦！不過，我猜想，既然是新來的『老迪亞』（族人對所有統治者的稱謂，在這個時候還一時改不了口吧！）要開會，那這一帶的二十八個部落也應該會去的。」

「好，你回去代我向你們的麥塞塞基浪說一聲麻紗洛！」

「麻紗洛，加法加非！」

「加法加非！」谷灣輕輕地揮揮手，心裡難免犯嘀咕：「怎麼回事？老迪亞明明住在邦累，怎麼突然變成了另外一種老迪亞呢？」

……！

「麥塞塞基浪，你找我？」葛其格其本匆匆趕到，劈頭就問。

「啊……啊……！」谷灣被從沉思中叫醒，憂慮地說：「怎麼辦？聽說，老迪亞被另外一個老迪亞趕走了！」

「真的？」

103

「沒錯！拉里巴部落的麥塞塞基浪派人來說，新的老迪亞要我明天去邦累開會！」

「新的老迪亞？難道老迪亞有兩種？」

「我也不懂老迪亞有幾種，反正，明天去了就知道了。」谷灣篤定地說。

「那……我們怎麼辦呢？」

「這就是我找你的原因啊！」

「我一時還拿不定主意呀！」

「坐下來！」

谷灣的鎮定使緊張的葛其格其本安靜下來，兩個人並排地坐在長凳上，開始交換意見……。

「邦累街上，你有熟人嗎？」谷灣問葛其格其本。

「邦累街靠近架溝浪（族語：橋的意思）的雜貨店，我認識！」

「陳老闆嗎？」

「是的。」

「好！新來的老迪亞通知我明天開會，」谷灣提議：「我們現在就去，怎麼樣？」

「那喔哇格！」

於是，他們在巴拉庫灣挑選了七名幹練的馬卡竹服竹逢（族語：指已完成訓練的青年戰士），帶了三天的乾糧和鋒利的番刀當作武器，乘繁星熠熠的涼夜，往四十哩外的大武街出發……！

拂曉時分，谷灣一行人抵達了大武村外的陳老闆雜貨鋪外面！

　　陳老闆在大武定居已有三代了，他平時待人和氣，做生意很老實，從來不以自己是漢人自居，甚至還取了一個排灣族人的名字，叫巴朗的。因此，他受到了附近居民的尊敬，他的生意也越做越大；更重要的是，他選擇了靠近部落的大武橋北邊角落的邊陲地帶開店，方便原住民朋友購買日用品，省去在大武街上繞來繞去的麻煩！

　　「陳老闆，陳老闆！」葛其格其本叫門。

　　「誰啊？」

　　「是我，多娃竹姑的谷灣啦！」酋長機警地報出名號，他們已經是老朋友，陳老闆一聽就聽出了是老朋友谷灣在叫他。

　　「啊！是麥塞塞基浪啊！」陳老闆一方面把外套用力地往身上披，一方面客氣地打招呼。然後，他比一下手勢，請一夥人入內坐下，並拿出招待客人的一組檳榔，分給大家吃了。

　　「有什麼事啊，這麼一大早的？」

　　陳老闆關心老朋友，他猜想，谷灣酋長一向都是要回山上的時候，才會進來聊聊或買一些日用品。今天卻一大早就敲門入內，事情不單純！

　　「有啊！你怎麼啦？」

　　谷灣回答後又反問他。他們認識那麼多年了，還沒見過老朋友這副緊張的模樣呢！

　　「唉！你不知道啊？」陳老闆滿腹委屈：「我們大清帝國被日本人打敗了！然後，這些留著小鬍子的日本警察大人就來了！」

　　「啊！我知道了！」葛其格其本突然插話：「老迪亞把邦累讓給日本人，他們就搬到西部去了。」

　　「西部也是日本人的啦！」陳老闆對這些天真又傻呼呼的原

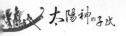

住民朋友覺得好笑：「西部也是日本人的啦！」

「西部也是……那，那些老迪亞呢？」

「老迪亞還有一個地方，比這裡西部還大很多的大陸，還有很多很多的『老迪亞』住在那邊，知道嗎？」陳老闆耐心地告訴谷灣酋長一行人：「日本人原本住在比台灣還大一點的海島上，不過，自從很多年前他們發現台灣出產的『飛了飛了』（族語：香蕉的意思）非常好吃，就派軍隊攻打台灣。我們的政府打不過日本人，日本人就這樣來了，知道嗎？」

老闆費了一番唇舌，才總算把中日甲午戰爭的前因後果，給這些愚笨又天真的排灣族人說清楚了。

「日本人真壞！」谷灣有了初步概念，這個新來的，什麼日本的，好壞，真壞！

「對啊！日本人壞透了。」陳老闆初嘗亡國的滋味，感慨地補充說：「日本人簡直就是一群土匪，你看看，我店裡的雜貨全被拿光了！」

「那好啊，你賺錢了啊！」谷灣一見櫃子、地上、牆面上掛著的商品全部都沒了，他真心地替老朋友高興，生意真好！

「賺個屁！」陳老闆憤怒地對他吼叫：「那些日本人，一分錢都沒給我！」

「那，怎麼可以？」思想單純的谷灣表示極度不滿，在他的經驗裡面，人們交易的方法很簡單，你拿了多少東西，就要支付相等的幣值！

「哪有買東西不給白素（族語：錢的意思）的？」

「沒辦法，日本人的人多又兇狠！」

「哼！這些人住在哪裡？」谷灣替他的老朋友抱不平，恨恨地說：「今年正好輪到我們『麻依那炸迫』，就拿他們來麻依那

炸迫好了！」

「不可以殺人，麥塞塞基浪！」陳老闆一聽谷灣說要出草祭神，立刻制止他。他深深了解，這些排灣族人是說得到就做得到的。

「日本人不好，我去麻依那炸迫，有什麼不可以？」谷灣怒氣未消，仍然強調要出草殺掉日本人！

「日本人有『火銃』（槍），你打不過他們的！」

「什麼叫火銃？」

「就是那種長長的鐵棍裡裝了一些黑色會爆炸的東西！」

「那又怎樣呢？」

「日本人拿那種奇怪的木棍向你瞄準時，只要碰地一聲，站在他面前的那個人一定會死的。」

谷灣實在不明白陳老闆的解說，心裡又記掛著開會的事，乃敷衍地向他揮手說：「好，我知道了。」

谷灣一說完，站起身，就往大門口衝去！

「等一下，」陳老闆對谷灣的行色匆匆感到好奇，問他：「你要去哪裡？」

「開會！」

「開什麼會？」

「不知道，是日本人傳話給所有二十八個麥塞塞基浪，今天到邦累開會！」

「谷灣，我的老朋友啊！記住我的話，不要跟日本人衝突！」

「麻紗洛，我記住了。」谷灣說，謝謝你。

「加法加非！」陳老闆道再見。

「加法加非！」

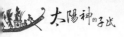

……。

門外，天已大亮。

「陳老闆是一個好人，好朋友。」谷灣一方面快速前進，一方面對跟在旁邊的葛其格其本說著話。

「不錯，」葛其格其本說：「我也要跟你去會場嗎？」

「不必！」酋長告訴他：「你就帶另外的五個人，找一個地方休息。我跟路沙先去看看再說！」

「麥塞塞基浪，加法加非！」

就這樣，他們在大武溪的北岸分手了。谷灣看看太陽才升空不久，顆顆露珠兒閃爍在不怎麼平整的草地上，景色相當宜人！

他選了一塊大樹下的巨石坐下，回首看看不遠處陳老闆的雜貨店，有一群挑著農產品的排灣族人，陸陸續續地進入店裡做交易；另一方面，他心裡記掛著拉里巴酋長！

「谷灣，拉谷阿力！」（族語：谷灣，我的朋友）

「啊，奔那迫迪！」谷灣高興地回應那個向他打招呼的人說：「你來的正好，近來忙嗎？」

「是啊，忙得很哪！」奔那迫迪抱怨地回答。

「說得也是！」

「走吧？」

「走！」

谷灣沉默地跟在奔那迫迪的後面，向大武街走去！他們的內心都有一種很莫名其妙的感覺。老迪亞才走不久，這個叫什麼日本的就急急地傳他們開會！這會是甚麼樣的會呢？而這些陌生的日本人跟他們原住民會有什麼交集呢？

其實，他們的顧慮根本就是多餘的！

日本人既然是以征服者的姿態出現，自然不會給他們甚麼好臉色看！他們已經成為日本佔領下的番人，他們的生與死就完全操控在日本人的手上，沒甚麼好討價還價的！

日本人把大清帝國在大武設立的大會堂加以整修後，變成了現在的「大武警察部」，兩名年輕的日本警目擔任大門衛兵！他們手裡各拿著一根像木棍的武器站立大門旁，嚴肅地伸手阻止了他們前進！

谷灣機靈地拔出腰刀，就要砍那個阻擋住去路的警目！

日本警目也非等閒之輩，舉起步槍，就要射擊的時候……

「Cheuto mate!」只聽到一句谷灣聽不懂的語言，一個平民裝扮的漢人跳出來制止說：「等一等。」

日本警目放下槍，狐疑地看著那個制止他的漢人……。

「誤會，誤會！」漢人操一口流利的日本話說。谷灣一臉的狐疑，心想，怎麼一回事？

漢人以族語翻譯，說明了日本人制止他們進去的原因：

「日本人規定，今天只准麥塞塞基浪進入會場，而且不可以帶武器。」

谷灣這才明白，點頭答應了。漢人翻譯也以日語告訴日本警目，這是一場誤會，犯不得互相廝殺！於是，一場差點就要爆發的爭鬥就這樣平息下來了！不過，日本警目還是要谷灣把戰刀解下後才准進入會場。谷灣心想，就把「嘉給特」（族語：男人的佩刀）留在這裡沒關係，反正身上還留有一把自衛用的「西巫怒」（族語：小刀），也就大方地解下戰刀，交給警目後，跟在其他族人首長的後面進入會場。

屋裡黑壓壓地坐滿了人，有的他認識，有的沒見過。不過從

他們黝黑色的臉孔和熟悉的衣著看來，大家應該都是排灣族人，而且都是酋長級的人物吧！

「怎麼回事？把大家都找來了。」谷灣拉了拉身旁的酋長問他。

「不知道，我也在納悶呢！」

「噓——不要出聲，有人來了。」奔那迫迪輕聲地告訴他們。

果然，七、八個制服整齊的日本人出現了！他們簇擁著一個五短身材、臉孔瘦小，還留著八字鬍的小子，神情嚴肅地進入會場！

那個會說排灣族語的合籍警丁，先以族語大聲地告訴酋長們說：「卡乍路，馬甫拉特！」（族語：大家起立）然後，轉身向那名矮子跑過去，兩腳「咚」的一聲靠攏，甩出右手向矮子敬禮，大聲地報告：

「報告！人數清點完畢，大武山區二十八個排灣族人的番社頭目們，全部到齊報告完畢！」

「唔，」那矮子神氣活現地下達命令說：「番人坐下！」

「嗨！」合籍警丁受命後，將雙腳跟一靠，碰的一聲向後轉，大叫：「伊拉坐！」（族語：坐下）

「番人頭目們，注意！」

透過合籍警丁生澀的族語翻譯後，大武山下的所有酋長們一律都聽到了這個日本小頭目的宣示：

「大清帝國已經被我們打敗了！從現在起，台灣就是日本帝國的土地，住在台灣島上的所有人民，都是日本人的二級公民，你們番人就是三級公民，要服從台灣人的命令，更要和台灣人一樣，對大日本皇帝絕對忠貞，對日本人的所有指示都要絕對服

從！明白嗎？」

　　那個短鬍的矮子，洋洋灑灑地說了半天，所有人聽得迷迷糊糊的，根本不知道他說了什麼，他們也迷迷糊糊地坐著！

　　「為了使你們這些番人了解帝國的偉大和天皇的神聖不可侵犯，你們必須在這裡受訓兩個星期！」

　　「受訓期間，每一個人都必須養成絕對服從的精神，否則，錯了就打，抗命就殺！好了，解散！」

　　「起立！」還是那名合籍警丁在發口令：「立正！」

　　酋長們從小就養成縱橫荒野、無拘無束的日子，從沒遇過那麼複雜的繁文縟節，他們當然很不高興！

　　「不要吵！」合籍警丁惟恐日本長官生氣，制止地說。

　　「我再告訴你們，」合籍警丁脹紅臉大叫：「現在不是討論的時間，安靜！」

　　酋長們開始意識到，這些日本人真的在管理我們了！

　　「嘩！──」不到五分鐘，尖銳的噪音再響！

　　「集──合！」

　　於是，這群從未見過紙和筆的排灣族酋長們，在日本人蠻橫不講理的強制下，被迫展開了為期兩周，所謂的「講習會」。

　　在講習期間，他們盡講一些訓話或叫罵，根本沒有把原住民們看在眼裡！真是天知道，這些平日縱橫山區、悠遊於天地間的自由人，如今卻都成了待宰的羔羊，任憑日本人擺佈！

　　「奔那迫迪，這樣下去怎麼得了？」嘉淖憂心地向他的同伴說：「這樣的日子，叫我怎麼過下去？」

　　「先別衝動，」奔那迫迪安慰他：「我們觀察一段日子再說吧！」

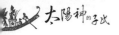

「但是，我們要講習多久，沒人知道啊！」

「誰知道？時間是他們訂定的。」

「不行！我要砍了他們的頭來祭神！」

「不！」年長的奔那迫迪冷靜而老練地制止谷灣，他說：「這些人才剛剛到這裡，根本不了解我們的部落文化。」

「我嚥不下這一口氣啊！」

「他們既然能夠打敗『老迪亞』，可見這些人有多厲害，我們恐怕打不過他們！」

奔那迫迪耐心地分析了目前的狀況，他要制止年輕氣盛的麥塞塞基浪做出傻事。

但是，受訓的日子就是在上課、開會等等沉悶而冗長的煩人事物中重複演練。這些排灣族人的酋長們，實在不想再熬下去了！

「葛其格其本，你就帶他們先回去吧！」

好不容易，谷灣撐到了中午用餐的時候，他偷偷地溜到大武溪畔，如此交代他的族人。

「看樣子，利本（族語：日本人）在短時間內，不會讓我們回去的！」

「麥塞塞基浪，我們還有三天的口糧，可以多等兩天！」

「不必，不必！」谷灣連忙制止：「你先回去！」

「麥塞塞基浪，……」

「回去吧，」谷灣耐著性子交代族人：「告訴嘉莎，我很好！」

「是！」

一向狡點陰險的日本人，為了防止原住民酋長們合力反抗以

及計畫逃亡，乃實施了數日的個別談話。他們從酋長的語氣裡，很容易就發現了誰跟誰有仇隙，誰又跟誰比較要好等等情資。日本人把處得來的兩個人分開，把有仇恨的放在一起！

　　日本人也鼓勵他們互相告密，把原來不怎麼團結的族人弄得四分五裂、各懷鬼胎，努力地告密以顯示自己非常忠貞於日本人，希望日本警察也能體諒我有多麼的有用！

　　「奔迪克，你不是告訴朋友說，你回去要殺進派出所報仇嗎？」加黑力客部落的酋長，在毫無預警的狀況下，被日本人傳去問話。當然，那名平地警丁居中擔任翻譯，他才懂得日本人在問什麼。

　　「沒有哇！」

　　「無所刺給！」（日語：你說謊）聲起鞭落，他被日本警察結結實實地抽了一鞭！

　　奔迪克疼痛地半跪地上，冷汗像斷了線的珍珠，直落地上！

　　「快說，有沒有這一回事？」

　　「大人……沒有呀……」

　　「馬鹿野郎（畜牲）的番人，拖出去！」

　　……！

　　像這種因為同胞們告密而遭日本人毒打的事件，在短短三天內，就發生了好幾件！

　　「太可怕了！」

　　谷灣看在眼裡卻痛在心裡，他想：「我要使同胞們明白，族人不可密告族人，否則就太便宜日本人了。」

　　谷灣雖然年輕，但老酋長布拉魯彥多年的訓誡與開導，使他

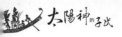
很容易就看穿了日本人這一套陰謀。

「我們都是生活在丘卡父龍山下的排灣族人，是像兄弟一般的親人！很不幸，我們族人當中有人被日本人收買了，專門向日本人密告族人的行為，這是要不得的。再說，日本人答應告密者的好處，到時候會不會兌現呢？」

每當族人間因細故而起爭執的時候，谷灣就很自然地成為排解者。他告訴族人們，團結就是力量！他說：

「一兩個人很容易就被打敗，但是，當人多的時候，就像很多根的拿夫拿夫克（族語：竹子）可以編成一個圍牆，連勇猛的法飛（族語：山豬）也攻不進來！」

「你說，日本人怎樣分化我們族人？」

「很簡單，你前天不是聽到有人說：『嘉機格勒的麥塞塞基浪有殺過你的族人』這句話？」

「沒錯，的確有人如此說明的。」

「那，你相信嗎？」

「不相信。」

「很好！不過，如果有人相信呢？」

「那會怎樣？」

「那個人一定會報仇，對不對？」

「是啊！我們排灣人是有仇報仇！否則，他就不配當一名排灣族人！」

「那就對了。」谷灣詳細地分析說明：「如果每一個人都相信日本人說的鬼話，那我們不就成為互相殘殺的笨野獸了嗎？」

「啊，對呀！」

「……！」

谷灣的一句話，驚醒了夢中人！族人終於警覺到，他們的處

境非常危險！

　　這種民族感情的再發現，深深打動了族人的良心。他們只知道高聲歡呼，卻忘記了虎視眈眈的日本人！

　　日本人非常狡詐，他們不敢在族人的興頭上懲罰對他們不利的谷灣，因為此刻，谷灣已經成為族人心目中的英雄，對付這種人需要冷靜思考，否則會壞了大事！

　　「報告！」

　　谷灣明知道這一趟會是險路，他卻勇敢地迎接！他剛剛把族人的心結合起來，他已經做到了該做的事！現在，他心裡坦蕩蕩地毫無懼怕了！

　　「進來！」

　　谷灣推開門，就被守候在門內的兩名警丁雙手一挾，架到了長島裕次郎的面前！

　　「馬——鹿——野——郎！」

　　長島裕次郎一見到谷灣，就生氣地破口大罵「畜生」，接著，舉起手杖就對谷灣的頭部、胸部以及全身擊打過去！

　　谷灣勇敢地承受了。他心裡明白，如果他喊痛的話，族人聽到了會像一窩被觸怒的黃蜂一樣，拚命地衝進去救他！而族人在進入警察部前就已繳械，他們如何能手無寸鐵地與兇惡的日警交戰！不如隱忍痛苦，讓他一個人承受這皮肉之苦。如果因為自己一時的不爭氣，讓這麼多族人的精英犧牲了，豈不罪過！

　　「沖水！」長島對暈死過去的谷灣繼續用刑。

　　「哈伊！」日本警丁服從地將早就預備好的一桶水往谷灣的頭上一沖！

　　「啊——！」谷灣悠悠地甦醒過來，嗯啊一聲，從蜷曲狀態

中動了一下。

「畜——牲——」長島大叫：「給我打！」

一陣瘋狂的打擊加在谷灣的身上！他以一個脆弱的肉體接受木棍、拳頭、腳踢……的攻擊與凌虐，谷灣當然承受不了，又暈過去了！

「番人裝死，再打醒！」長島打累了，大叫部屬再打谷灣！

這一回，谷灣真正地失去了知覺！在他潛意識裡，他有即將死去的念頭，甚至迷迷糊糊地看到了姑母、祖父母等等已死亡的家人要來接他！

其實，他的肉體像一團皮球一樣，被日本警察踢來踢去……！

「死番人谷灣，」不知道過了多少個時辰，谷灣似醒未醒地聽到了日本人如此的對話：「番人……撒野……不是時候……」

谷灣強韌的生命力，讓他從死神的手裡逃出來了！

「打！給我打死這個番人！」長島大叫！

兇殘、狠毒、不擇手段的毒打又來了！谷灣依舊勇敢地接受，他倔強地不哼不吭，盡讓那些日本雜種狗們發洩！

「拖出去！」

長島裕次郎這個天生的壞蛋，他做事向來是趕盡殺絕的。

可是，這一次，他受到了谷灣倔強與勇敢的精神所感動，竟然動了惻隱之心，叫人把只剩一口氣的谷灣拖出去，種下他日後遭報復的惡運！

日本人的毒打使谷灣在床上躺了足足兩個星期。在這段療傷的日子裡，他得到了族人無比的關懷和照料。同時，他被打之前對族人所講的話發生了效果，這些麥塞塞基浪們，聽到他一席誠懇的談話後，領悟到團結的重要，不再記恨過去的仇怨，戰戰兢

兢地照顧他。更有人甘冒被毒打的危險，偷偷地跑到大武街上，向閩南人討一些跌打傷藥來治療他的傷口！

然而，可惡的日本人又把逐漸康復的谷灣叫過去。

「不准任何人去看他！」日本人如此下令！

於是，谷灣又度過了孤獨又漫長的三天！

第一天——

谷灣逃不過日本人的一陣毒打，已接近痊癒的傷口裂開，鮮紅的血液不聽話地從傷口流出！谷灣在失血過多後，又昏昏沉沉地躺下！

就這樣，他一會兒從疼痛中甦醒過來，一會兒又從疼痛中昏迷過去，他就是在這樣的疼痛中延續僅存的一口氣！

第二天——

當初升的陽光從狹窄的氣窗中照射進來的時候，谷灣悠悠地甦醒過來了。他全身疼痛得無法動彈，肚子也難耐飢餓，口腔乾乾地連一口唾液也沒有！他虛弱的喊：

「水……給我水……」

可是，回答他的，只有一陣靜默！

「水啊……我……要喝……水……」因為嘴唇太乾了，根本發不出聲音，就算有聲，也是沙啞的沒人聽得懂！

……！

一直到了中午，他才看到日本人餵狗似地送來一碗米飯，沒有什麼菜，只泡了鹽水而已！谷灣一看到米飯，就一把搶過來，狼吞虎嚥地吃光了！

「還……還有嗎？」谷灣沒吃飽，還想要，問道。

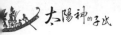

「死番人！」聲起拳落，警丁狠狠地K了他一頓。

「還要不要飯？」

「……不要！夠了！」谷灣委屈地回答。他想，我真笨，我怎麼會餓得向這種日本的狗腿子要求，傻瓜！

「死番人！」

警丁罵完了，把牢門重重一帶，發出沉重的聲音，就神氣地走了。

第三天——

這一天最難熬了，飢餓像一條兇猛的毒蛇在啃食他的肚子！傷口也開始發炎、腫脹和潰爛。於是，陣陣惡臭自拘留所中傳出，也瀰漫在整個拘留所內外。接著，谷灣神智不清的喃喃自語，漸漸地，他預感到他自己的生命即將結束，祖先們又在乍乍巴勒等他了……。

「部長大人，谷灣病得很重，我必須帶他去看醫生了！」

「不可以！」

「部長大人，他還年輕……。」奔那迫迪不死心。

「再囉嗦，」長島部長不耐煩了，恐嚇他：「你就會和谷灣一樣！」

奔那迫迪雖然痛恨，可是，日本人的形勢比他強，他只能憤恨地看了長島一眼，悄悄退下！

「日本人怎麼說？」

「谷灣有救嗎？」

「他什麼時候會被放出來？」

「……？」

族人紛紛上前問他，奔那迫迪卻只能垂頭喪氣地不予回應。

族人看了，大家心裡都已明白，谷灣不會回來了！

「他們不准放他出來！」

「啊！」

「什麼？」

「我再說一遍，日本人不准放他出來！」奔那迫迪用強調語氣回答他們。

「谷灣還好吧？」同胞們還是關心谷灣的安危。

「我沒見到他，不知道。」

「連見面都不肯，太狠了吧！」

「是啊，怎可如此呢？」

「都是我的錯，我沒有看到谷灣就回來了！」奔那迫迪自責地說。

「你不必自責。」長老級的拉里巴酋長多納說：「走！我們要日本人把谷灣放出來！」

「對，把谷灣放出來！」

「把谷灣放出來！」

「……！」

「日本人存心要弄死他嗎？」法賽酋長恨恨地說。

「不能讓谷灣被日本人害死！」

「我們找日本人要回谷灣！」

「乾脆，我們殺過去！」有人恨極了，提出攻擊的建議。

「不行，我們不可以蠻幹！」

還是奔那迫迪比較冷靜，他張開有力的雙手說：「我們進來的時候嘉給特就被日本人給收走了。各位，我們拿什麼跟日本人打仗？如果我們貿然就發動攻擊的話，大家想想看，會有什麼後

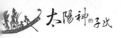

果呢？」

「可是……」憤怒的人群還想表達什麼，但是聽到奔那迫迪的一番說明後，頓時覺悟了，激動的情緒也馬上恢復平靜！

「我們差一點鑄下大錯！」

「今天晚上，」解鈴還須繫鈴人，奔那迫迪想出了新主意：「我們趁警衛不注意的時候，派幾個人到陳老闆那邊借刀來！」

「好辦法！」

每一個人都贊成奔那迫迪的好辦法，輕聲細語地研議他們溜出去借刀和出草殺日本警察的細節！

奔那迫迪與陳老闆的交情比較好，就由他帶領三名酋長去借刀。陳老闆店裡陳列的那些開山刀，有長的也有短的，種類繁多，應該不難借到！另外，狄母勒（族語：三地門）來的德勒山和比亞，平時狩獵的收穫很豐富，憑他們就可以把日本警衛搞定，所以，就由他們去監視日本警衛。如果發現日本人有要殺死借刀的酋長們的動作時，他就要先發制人，用木棍打死日本警察。

不知道是自己說溜了嘴，還是日本人看出了他們的企圖，當夜的日本警察突然變多了。原住民的這些酋長們，根本沒辦法去拿刀械！

「會不會有人被收買了？」卡比憂心極了！

「我想不會！我相信所有的麥塞塞基浪！」奔那迫迪不改他忠厚的本性，肯定地說。

「理由呢？」有人問他。

「第一，從我們討論這件事開始，我暗自點了一下人頭，到

目前為止，一個都不少。其次是，可能我們吵鬧的討論聲，引起了日本人的警覺，才會派出更多的巡邏人員！」

「那……怎麼辦呢？」

「別急！我想，總有辦法的。」奔那迫迪安慰他們。

「可是，谷灣他……」卡比還是關心鄰村頭目的安危。多年來，他們已經建立了情同父子的情誼，有事大家一起守望相助，合作無間！

「沒關係，睡吧！」

「加法加非！」

「加法加非！」

「……！」

次日一早，奇蹟出現了！族人們非常意外地發現了他們的同胞──谷灣酋長！

他幾乎奄奄一息地被日本人放出來了！

「怎麼回事？」奔那迫迪不相信所看到的事實，狐疑地發問。

「是不是日本人害怕我們麻依那炸迫？」

「不是，絕對不是！」有人持反對意見：「日本人的武器比我們精良，這個理由不成立！」

「那……怎麼回事呢？」

「……！」

族人你看我，我看你的，就是沒人知道答案！

「各位，現在討論這件事的緣由是沒有什麼意義的！」還是奔那迫迪有主見！他說：「不如把谷灣送到陳老闆那兒去比較好，他懂得草藥，就讓他照顧谷灣這個老朋友比較妥當吧！」

「好，就這麼辦！」眾人附和說。

「走！」

這些排灣族人的頭目們，不再顧忌日本人的禁令，七手八腳地把谷灣抬到了陳老闆的雜貨店去。

「唉呀，這不是谷灣嗎？」

陳老闆突然看到被日本人打得不成人形的好朋友谷灣的時候，禁不住叫了起來！

他逐一地清點送谷灣來的這群人，陳老闆非常清楚這些人的來歷，都是大武山下二十八個部落酋長當中的幾個。因此，他心裡已經明白，又是日本暴行下的犧牲者——他的好朋友谷灣的不幸遭遇！

「為什麼？」陳老闆一面檢視谷灣的傷勢，一面喃喃自語：「好好的一個人，怎麼會被打得那麼嚴重呢？」

「陳老闆，我們還要上課，麻煩你照顧我們的朋友吧！」奔那迫迪告訴他。

「好，好！」

陳老闆已經沒有心情分析原住民朋友說的話，比如上課什麼的。開玩笑，都五十好幾了，還上什麼課啊！

「我們走！」

奔那迫迪一聲令下，那些護送谷灣到這裡的頭目們走了。陳老闆展開他檢視、清洗、上藥、拍打的醫療動作。他深深了解，這些憨厚老實的原住民們，在初次遇到日本人那種高壓、不講理的管理時，衝突事件在所難免。更何況，日本人都以一種優秀民族對待劣等民族的姿態來管理，不甘心的原住民們一定反抗的！

終於，漫長的兩個星期的講習結束了，大武山下二十八個部落首長們，在忍受了一段不算短的訓練後，才在結訓當天早上被告知，他們可以回家了！

長島裕次郎好像沒發生過什麼事一樣，在結訓典禮的時候，大言不慚地告訴他們：

「番人頭目們注意！經過半個月的訓練，你們有很大的進步，我很高興！不過，像谷灣那種反抗大日本帝國的叛徒，你們不可以學他！」長島說到這裡，為表示慎重，特別清一清喉嚨，然後說：「你們要知道，番人永遠打不過大日本的！我們有飛機、大砲和很厲害的機關槍，而你們卻只有番刀。番人當然打不過日本帝國的！哈哈哈……。」

長島裕次郎說完後，狂傲地大笑一陣。台下的排灣族頭目們聽得非常憤怒又無可奈何，只好靜靜地接受長島的羞辱。不過，酋長的內心裡，已經充滿了復仇的念頭了！

「識相一點，跟我們合作，大家都有好處！知道嗎？」

「是！」酋長們口服心不服的虛應一聲。

「好了，今天早一點回家。你們派出所有『大人』（日據時期，人民對警察人員的稱呼）會告訴你們的！」

於是，大武山下二十八個部落的酋長們，陸陸續續地回到了每一個部落的家中。其實，日本人訓練了他們半個月，天知道他們學到了什麼！反過來說，酋長們在這漫漫的十四天當中，只是真正看清楚了日本人狠毒的嘴臉！每一個人心裡都明白，只要有機會，他們就會大出草，把大武警察部上上下下的日本人首級，一個個地切下來，拿到太陽神像前，來一次盛大的「得茂道勒」！

讓神祕的大武山，回歸到以前的寧靜和安詳！

第二章

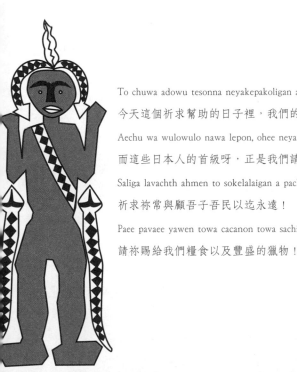

To chuwa adowu tesonna neyakepakoligan a to sa ada adwu!

今天這個祈求幫助的日子裡，我們的太陽神。

Aechu wa wulowulo nawa lepon, ohee neya Seke lega chianosoon!

而這些日本人的首級呀，正是我們請求幫助的祭品。

Saliga lavachth ahmen to sokelalaigan a pachimamelen!

祈求祢常與顧吾子吾民以迄永遠！

Paee pavaee yawen towa cacanon towa sachimeler, Masalowalavacha men!!

請祢賜給我們糧食以及豐盛的獵物！

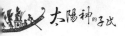
夕陽的餘暉璀璨地斜照在多娃竹姑部落四周那密密麻麻的檳榔樹梢上，陣陣炊煙從茅屋人家的屋簷下冒出來，麥塞塞基浪谷灣的小王國再次充斥著小孩的哭鬧以及餓豬的吼叫聲中⋯⋯

「麥塞塞基浪，回來了！」

「回來了，麥塞塞基浪！」

乍乍巴勒傳來了戰士們的口信，多娃竹姑的村民一聽到酋長回來的消息，莫不興奮的往乍乍巴勒衝去！

「麥塞塞基浪⋯⋯」

有人對遠處漸漸清晰的身影呼叫：「酋長⋯⋯」

「麥塞塞基浪⋯⋯」

「真的是麥塞塞基浪回來了。」

「是真的！」

⋯⋯

剎那間，這個令人振奮的消息迅速傳開，部落人民莫不歡欣鼓舞地迎接他們的麥塞塞基浪──谷灣・斯桀，快樂的音符有如雨點般地把酒灑在每一個村民們的心裡，寧靜的山林在傾刻間充斥著喜悅、歡樂！

可是，另一件事發生了！

「咦，麥塞塞基浪怎麼啦？」眼尖的村民發現了異狀，大叫！

「是啊！他走路一拐一拐的。」

「趕快去扶他！」

「是！」

於是，三名戰士受命去協助酋長，他很快就被三名勇士揹回來了。

　　部落民眾終於發現了他們尊敬的酋長全身傷痕累累，必須拄著枴杖能行走……

　　「麥塞塞基浪，你怎麼啦？」

　　「哼！日本人打的。」谷灣恨恨地回答。

　　「要不要緊呀？」

　　「我不是回來了嗎？」酋長以問代答，輕鬆地說。

　　「麥塞塞基浪……」嘉莎的眼淚像斷了線的珠串，一下子傾洩而下，她激動地抱住谷灣痛哭！

　　「不哭，不哭！嘉莎，我不是好好的嗎？」

　　「麥塞塞基浪……」嘉莎還想說些什麼，卻被谷灣打斷了。

　　「嘉莎，妳看看，每一個人都在看妳哭，哭！哭！」

　　「麥塞塞基浪，我……」一抹紅暈染上了嘉莎的臉上，不禁害羞地低下頭！

　　「像一個排灣族人的女兒吧！」谷灣輕聲地鼓勵她。

　　「……」嘉莎點點頭。

　　谷灣欣慰地回她一個微笑，然後，背轉身，巡視集聚在他四周的村民，他說：

　　「大家都在這裡嗎？」

　　「是的，麥塞塞基浪。」葛奇格其本回答。

　　「好，大家安靜，我有話要說！」

　　「是！」

　　葛其格其本一轉身，就對集合的民眾宣布：

　　「大家安靜，麥塞塞基浪要講話了！」

　　……，

　　……，

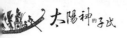

吵鬧的聲音立刻沉寂，酋長拄著枴杖，他說：

「我曉得你們有一連串的問題要問我，但是，我只能告訴你們一個重點：日本人來了，老迪亞走了。」

「為什麼呢？」

「老迪亞跟日本人打戰，結果，老迪亞輸了這場戰爭，因此，他們把這裡送給日本人，他們就走了。」

「那，老迪亞去哪裡呢？」有人追根究底。

「陳老闆告訴我，老迪亞有一個地方比這裡還大很多，他們都住在那裡生活。」

「日本人住在什麼地方？為什麼要趕走老迪亞？」

「我也不清楚日本人住在哪裡，不過，有人說，他們住在很遠的海上，因為喜歡吃我們的飛了飛了，所以，他們才把老迪亞趕走。」

「日本人真壞。」

「日本人豈止真壞，我身上的這些傷口都是日本人打傷的！」

「麥塞塞基浪，日本人為什麼要打你？！」

「我在大武監察部受訓的時候，因為不滿日本人在我們麥塞塞基浪中間挑播離間，分化利用……等等卑劣手段，就勇敢地揭發他們的陰謀，使我們族人之間不會互相猜疑陷害，就被他們打得半死……」谷灣越說越氣憤：「這還不算什麼，日本人還把我單獨關在黑暗的監牢裡，兩天兩夜不給水喝，也不給飯吃！」

「麥塞塞基浪！」多娃竹姑部落人民激動地叫嘯！

「你們說，日本人壞不壞？」

「日本人，壞極了！」

「殺掉日本人！」

「嗚……」

「以血還血！」

「以牙還牙！」

……

部落民眾像一群嗜血的螞蝗，聚在酋長的廣場上，盡情的叫嘯、狂吼！恨不得把日本人殺掉祭太陽神！

谷灣高舉雙手，電炬般的雙眼橫掃人群。民眾們信服地有如被一陣風掃倒一樣，一排排地跪倒在地上，場面十分壯觀。

「啊達喔剌麻斯的聖訓：不隨便殺人。但是，身為排灣族人的麥塞塞基浪，我有責任帶領你們去報仇！」

「麥塞塞基浪，福載！」酋長萬歲！

「麥塞塞基浪，福載！」族人們酋長萬歲的聲浪此起彼落，很快地充斥在部落的四週！

一直到沸騰的人心逐漸冷卻後，谷灣才滿意的告訴他的子民說：

「大家回去休息，一切聽候啊達喔剌麻斯的指令行事！」

「麻紗洛，麥塞塞基浪！」大家說，謝謝酋長。

這件事，終於過去了，人們慢慢地回到了溫暖的家……

「這些日子裡，你辛苦了。」

直到夜深人靜的時候，嘉莎才真正的擁有了谷灣。他一方面替他更衣，一方面深情地吐露心聲，她真的很喜歡這既英俊又有智慧的年輕人！因而她說出了這一句看似平淡卻涵意極深的心裡話了。

「豈止辛苦而已。」谷灣深受嘉莎的關懷而感動，因此也毫

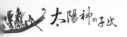

不保留地抖出了心裡的話：「我簡直快發瘋了。」

　　日本人加諸谷灣的壓力的確太多太大了！他在平時的日子裡，要面對兩百多個人的食衣住行，還要管理崇拜太陽神的事等等。村民們眼中的麥塞塞基浪是一個不折不扣、完全神格化的大酋長！因此，他必須是一個超現實的偉大人物，他必須常說大話，還要淋漓盡致地發揮神格化的酋長權威，才能贏得民心、鞏固他在人民心中擁不凋謝的完美形象！

　　「麥塞塞基浪，你會去報仇嗎？」嘉莎關心地問他。

　　「當然報仇！」谷灣顯示出男子漢的氣概，放大音量地說：「日本人給我什麼，我就加倍奉還！」

　　「麥塞塞基浪，我擔心你……」

　　「嘉莎，嘉莎！不要這樣。」酋長愛憐地擁她入懷，輕輕在耳邊說：「不管發生什麼事，都是啊達喔剌麻斯的意思，由不得你我。」

　　「我知道，可是……」

　　「不要再說，」谷灣用手掌制止她說下去：「我說過，我要以血還血，以牙還牙的！」

　　「可是，我……」

　　「你不願失去我，對嗎？」谷灣溫柔的告訴她，「放心，我有啊達喔剌麻斯保佑！」

　　「……！」

　　嘉莎深情地注視他，谷灣更使勁地摟抱她，他們其實不必說什麼我愛你，你愛我的悄悄話，當他們在互擁時，那濃濃的情愫已經滋長，兩顆年輕的心也已緊緊地揉在一起，永遠，永遠……

第三章

Solo togo losolco, chia lakalasodanichin,

天神啊，我們是一群敬神的人民，

Avanagata ah sovochang, lelomade lalivuowan,

我們遵照你的神意來祭拜祢，

Chialonakichen wuvowaco, tovinokachan nia vuvu!

祈求天神，讓我們狩獵成功！

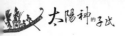

　　養傷的日子像一隻爬行在烈日下的蝸牛一樣，感覺日子像是一動也不動的巨石橫亙面前，當你心裡著急的等候，日子就越顯得緩慢。

　　還好，溫柔的「嘉莎」填補了這一段不愉快的日子，他們在互相扶持下度過了漫長的夏天！因此，聰明的嘉莎也在這一段日子裡學會了如何當一名「麥塞塞基浪」的妻子，也學會了如何做一個盡責的妻子及安慰丈夫的情人。此時此刻，她在谷灣的面前變成了一個即將步入婚姻的妻子及一名知心的戀人。

　　谷灣也曾經跟族人的長老們談過出草殺人及祭神的事，不過，前輩們以為他的傷勢未癒而搪塞過去。谷灣也了解族人的心意，就不再勉強，耐心地等待痊癒。

　　這一天，酋長又抽出了掛在牆上多日的戰刀，一個人在屋簷下磨刀……。

　　「麥塞塞基浪，拉里巴部落的甫拉里森求見。」

　　在村口的乍乍巴勒值勤的戰士通報。

　　「什麼事？」酋長問他。

　　「他奉了拉里巴的麥塞塞基浪密令，要來傳話！」

　　「帶他來！」

　　「是，麥塞塞基浪！」衛兵得令後，轉過身，回到了乍乍巴勒，把那一位傳令者帶來見酋長。

　　谷灣說完就站起來，把雪亮的戰刀在空中唰、唰、唰地畫了三刀，才滿意地收進刀鞘裡！

　　「麥塞塞基浪，好刀法！」

　　突然，一句莫名其妙的讚美流進谷灣的耳朵，他機靈地拔

刀,喊:

「誰?」

「是我,麥塞塞基浪!」門口迅速地出現一位年輕人,他說:

「對不起,我該死!」

「喔!」酋長以為是冒失的部落人,但仔細一看,他並不認識這個年輕人,遂問他:

「你是誰?」

「麥塞塞基浪,你不要生氣。」年輕人不慌不忙,對著微慍的谷灣說:「我是安得,是拉里巴部落的甫拉里森;我奉了我們麥塞塞基浪的命令,前來貴村傳達信息。」

「你沒有通報就闖進來,你好大的膽子啊!」酋長生氣地說,幾乎是喊叫的。

「對,對不起!!」使者看到谷灣幾近瘋狂的叫嘯嚇壞了,連忙道歉:「我不對!不過我是在乍乍巴勒的警衛進來之前,先他而到的。」

「好!」酋長見他求饒的可憐相就心軟了。他再問:「有什麼事?」

「我們的麥塞塞基浪說,拉里巴部落等依拉斯升上一半的時候(約是半個月的時間),就要舉行格馬捕龍希望你能來!」

「好,我去!」谷灣爽快地答應。

「那,我就回去了。」

「不送。」

拉里巴的信差一走,谷灣立即召集他的部下,訓勉大家要做每一件有關祭典的事,如此才能安安心心地參加鄰村──拉里巴部落的格馬捕龍。

「麥塞塞基浪，你會去嗎？」葛其格其本問酋長。

「我已經一口答應了，當然要去！」酋長說：「不過，我們要帶什麼禮物去呢？」

「那好辦，麥塞塞基浪。」巴拉卡萊獻計：「何不來一場格馬洛捕，你說好不好？」

「好！什麼時候？」酋長被一言點醒了，興奮地問巴拉卡萊！

「明天怎麼樣？」葛其格其本急切地建議。

「可以！哈哈，你們真是我的左右手啊！」酋長正高興，鄰近部落的邀請有了答案，好，就這麼辦吧！

這天夜裡，多娃竹姑部落顯得非常寧靜，每個人都在為第二天的狩獵而養精蓄銳吧！

「卡俄甫，卡俄甫哇，打阿拉阿朗！（族語：全體村民集合！）」

天才濛濛亮，巴拉卡萊已經在巴拉庫灣大聲地喊話了。

「在一筒烟的時間內，所有參加格馬洛捕的人，一律到乍乍巴勒集合！」

於是，平時寧靜安謐的多娃竹姑部落一下子就變得人聲喧鬧起來，加上餓豬的低吼及嬰兒的哭鬧，使整個部落陷入了喧嘩與吵鬧聲中，顯得好不熱鬧！

當十餘位部落精英在乍乍巴勒齊聚後，巴拉卡萊乃放開雙臂，帶領數十名甫力高唸經：

Solo togo losolco, chia lakaasodanichin,
天神啊，我們是一群敬神的人民，

Avanagata ah sovochang, lelomade lalivuowan,

我們遵照你的神意來祭拜祢，

Chialonakichen wuvowaco, tovinokachan nia wuu!

祈求天神，讓我們狩獵成功！

　　祭典很快就完成了，部落的人們精神上也獲得了保障。大家才歡歡喜喜地踏上征途！

　　人聲、獵具的碰撞聲以及狩獵的狗吠聲，充斥在山谷每一個角落！

　　他們沿途會派出一至三名斥候，查探前路有沒有敵蹤或坍方，看看有沒有潛在的危機等等！這些擔任斥候的年輕人都非常優秀、機靈，有些是參加過出草祭，有些是狩獵高手！因此，這隻龐大的狩獵隊的安危，絕對操之在這三名斥候之手上！

　　三天後，狩獵隊終於抵達了神祕的「幾古拉谷勒」，廣袤的原始森林形成一片樹海，人們運動其間簡直伸手不見五指，非常廣闊的湖泊被厚達數英寸的落葉給覆蓋，湖岸在哪裡？沒有人精確地測量過！只有常出入本地的老獵人知道，湖岸從什麼地方到什麼地方，不過，這大片泥沼到底有多深，就沒人量過，當然也就沒有人知道。

　　各類蛙鳴此起彼落，形成了大自然最磅礡的交響樂！不過，在不懂得現代音樂的族人們聽來，那一聲聲的蛙鳴，好像是一曲曲鬼哭神號，只是增添了幾古拉谷勒的神祕與恐怖而已。

　　「甫拉里森，」青年聚會裡的老大——拉馬楞大叫：

　　「趕快升火！」

　　甫拉里森不敢怠慢，趕快在黑暗中摸索乾材。真要命呀！在黑暗的樹蔭底下找乾枯的木材，好難！運氣不好的話，一腳踩進

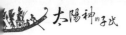

爛泥巴裡，想拔都拔不出來呦！

　　還好，皇天不負苦心人，他們的「啊達喔剌麻斯」可憐他們，好不容易採集了足夠燃燒一夜的乾柴。然後，年輕人在年老者指導下，找了一個高地開始起火！

　　於是，熊熊的火燄溫暖了人們疲累的身體，除了擔任安全警衛者外，大家很快地睡著了。

　　次日一早，酋長帶領著幹部，在葛其格其本的引唱下，虔誠地祭拜了大武山的山神以及偉大的太陽神！

Palan chijeyamen towa sachumololl, towa maligowan,
請賜給我們獵物以及狩獵英雄的名號，

Kivochevo cha naegamen, to kimalalapa lidlio.
企求狩獵之神的熱心賜予，使我們豐收。

Kilovolovo emaja, ahsinolaligowan,
請留在這個有名望的好地方，

Legavowamen, lakadawn, toketeema ah pagaurugavan!
太陽神啊！請祢賜福給偉大的獵人！

祭拜完畢後，酋長分派任務如下：

　　第一組：由德勒山率領八名有經驗的鏢槍手跟射箭手，沿著湖邊尋找獵物並加以捕殺及歸隊。

　　第二組：由奔狄克帶隊，就在野獸常出沒的地方設置捕獸器及各種陷阱，每天要巡查兩次，如有發現，立即捕殺並歸隊。

　　第三組：負責營地安全保護及烹煮所有人員的伙食。

　　嚴密的行動網組織完畢後，立即行動。

　　於是，幾古拉谷勒地區豐饒的獵物都進了行獵者的背袋裡！

　　「嗚——」

　　「嗚——」

　　第七天下午，當夕陽的餘暉還留戀在丘卡父龍的山頭頂——乍乍巴勒傳來了狩獵者勝利的長嘯！

　　部落民眾紛紛衝出屋外，向乍乍巴勒的方向張望！嘉莎也興奮地跑到村口，殷切地看著每一個進入村口的獵人！

　　「麥塞塞基浪在後面。」

　　「麥塞塞基浪抓了很多的『沙之默了』（族語：獵物）！」

　　隨行人員看到了她，就高興地報告酋長的行蹤。嘉莎一面稱謝，一方面踮起腳尖，渴望地朝向村口外張望著！

　　「麥塞塞——基浪——！」

　　遠遠地，嘉莎看到了熟悉的影子！她興奮地一方面拚命招手，一方面大叫，唯恐谷灣聽不到。

　　平常時候，嘉莎謹遵長輩們的訓誡，不敢對酋長有太親熱的稱呼，不過現在，她發現僅僅分開數日就覺得好像好久好久沒見著他一樣的思念起來了。因此，他要大聲叫喚，希望酋長也能從他的叫聲中，體會到她的開心與思念吧！

　　「辛苦了，嘉莎。」酋長靠近她，輕聲說。

　　「你也辛苦了，麥塞塞基浪。」

　　「今天晚上的「馬里卡騷」時，我要正式宣布，你是我想要的妻子。」

　　「麥塞塞基浪———」嘉莎嬌羞地低下頭，再也不敢正眼看酋長了。

　　「哈，哈，哈！」酋長開心地放聲大笑。

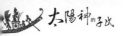
　　其實，他是應該高興的。這些年來，他為了能夠風風光光地娶到美女，不知費了多少精神。首先是每次出獵成績不盡理想，可以說，十次出獵有十次失敗或只狩獵到小獵物。不過，現在可不一樣了，他捕獲的獵物，使隨行的甫拉里森們都帶不動了。

　　「我總算可以如願地娶到嘉莎了！」

　　酋長興奮地自言自語，他突然想到什麼地環顧四周說：「還好，沒人！」

　　月亮已慢慢地升上地平線，狩獵的慶功宴開動了！

　　豐盛的菜餚加上香醇的酒香，部落民眾吃得好開心，個個展開歌喉，快樂地唱了起來。

　　谷灣在同伴們的勸酒下，也喝得微醺了。

　　「麥塞塞基浪，還有重要的事，不要醉了！」

　　「呵，對了，『馬里卡騷』！我差點忘了，麻紗洛。」

　　──哪─咿─路─灣──

　　非常巧合，谷灣才提到『馬里卡騷』的事，方場上立刻傳來撩人的男高音，迅速地傳遍部落的每一個角落，瘋狂的『馬里卡騷』登場了！

　　──哪─咿─呀─哪海──

　　如燕語呢喃的女高音適時登場，接上了男高音！

　　──海─呦一樣，浩─依─呀─海樣哪─活─衣─有應─海樣！──

　　熱情的年輕人不經邀約，主動地跳進舞動的人群中，手拉著手地在方場上大跳「馬里卡騷」了！於是，平靜的山谷裡充斥著

曼妙的歡樂歌舞，人們乃沉浸在族人的旋律裡！

多里服灣的姑娘騷拉里呀，
明亮的月光為我的誓言保證，
但願能夠很快與你部法佬（族語：結婚）！
基騷騷家的年輕人按耐不住，首先對他心儀已久的騷拉里姑
娘勇敢地唱出要娶她了，習慣上，共舞的同輩們也會重唱一次他
唱過的這首情歌！

基騷騷的卡必呀，
騷拉里有情也有意，
如果卡馬伊娜不反對，我願嫁作你的法佬（族語：丈夫
或妻子的總稱）！
騷拉里也明白地表達了心意，卡必高興地脫離了舞群，走到
嘉莎面前，恭謹地伸出了他的右手臂，接過了騷拉里的小手，歡
歡喜喜地走到沒人發現的地方，談心去了！

麻法流的嘉莎呀，
我心仰慕，情彌堅，
你可願嫁麥塞塞基浪？
共舞的同伴們雖然覺得酋長的求婚歌詞有點突兀，不過，麥
塞塞基浪何等尊貴？大伙兒也就若無其事地唱出來！

麥塞塞基浪呀，谷灣！
嘉莎不才又無德，要作麥塞塞基浪的法佬不容易，
還是另找他人吧！

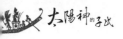

　　嘉莎不好意思答應酋長的求婚，就這樣擋了回去！

　　共舞的年輕人雖然覺得不可思議，還是依例複唱一遍！

　　麥塞塞基浪結結實實地碰了一記軟釘子！然而，谷灣豈是那個容易就放棄的人！他鼓起勇氣，再唱一遍。他相信，憑他的愛情，嘉莎哪有可能會不想嫁給他？

　　麻法流的嘉莎呀，

　　谷灣寧可不做麥塞塞基浪，

　　也要與妳長相廝守！

　　同伴們如法炮製地複唱一遍！

　　果然，這一曲震撼人心的情歌打動了嘉莎的心，她嬌羞地迎向谷灣，兩個人在眾人的注視下，也消失在方場的一角，談心去了。

　　「我們明明講好的，妳為什麼突然反悔呢？」谷灣等他們走遠了，才輕輕地問她。

　　「誰叫你是麥塞塞基浪嘛！」嘉莎委屈地申訴：「全部落的女孩不都想嫁給你！」

　　「啊！是這樣啊！」谷灣安慰她：「想嫁給我的女孩很多，但是，我愛的只有嘉莎——妳呀！」

　　「原來是這樣呀！麻紗洛。」嘉莎才恍然大悟。

　　「還生不生氣呢？」谷灣逗她。

　　「我哪裡敢，你是麥塞塞基浪呀！」

　　「這樣好了。」谷灣溫柔地摟住她的肩，輕輕地咬住她的耳朵說：

　　「只有在別人面前我才是麥塞塞基浪，如果只有我們兩個人

的時候，你是嘉莎，我就是谷灣，懂嗎？」

「我懂，麻紗洛，谷灣！」

「嘉莎！」

兩個人會心地相視一笑，所有的誤會沒了，兩顆年輕的心經過動人的馬里卡騷舞會後，串連得更緊了！

啊！難忘的馬里卡騷呀！！

2

谷灣到達拉里巴部落的時候，盛大的格馬捕龍祭剛剛上場，拉里巴部落像一鍋沸騰的熱水，到處洋溢著歡樂愉快的氣氛！谷灣也很快地受到感染，莫名其妙地精神亢奮起來了！

格馬捕龍的圓形祭會就建在村莊入口處那片空地上。這個五年祭的祭會，乍看之下，它的外型很像古代的羅馬競技場（小型的那一種），不過，搶截命運球的竹槍，往往會因為身分不同而有長短的差別。

最長的刺槍是酋長的，而且座椅以上的刺槍會綁上代表尊榮的銅鈴，當竹槍移動爭搶命運的時候，銅鈴就叮噹叮噹地響，非常引人側目！

藤球依出場的順序，會被命名為第一球狩獵，刺中的人，在五年內有豐收獵物的命運到來。然後，依序為第二球愛情，第三球豐收，第四球出草及最令人忌諱的第五球死亡之球。

據有經驗的族人說，幸運刺中每一球的人都會如願的豐收，狩獵成功，家庭和睦；但是，刺中出草者就不太好了，因為傳說

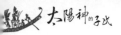

中的戰神——嘉卡拉伍斯，會暗示刺中的人去殺人！而刺中死亡呢？因為它太不吉利了，所以主祭者往往將「死亡之球」直接丟出場外，不讓任何人受到傷害。致於，古人為什麼會設計這種絕不受歡迎的球呢？恐怕誰也答不出來吧！

谷灣酋長是這一次格馬捕龍祭的貴賓，他被安排在貴賓席上，靜靜地觀賞友村安排的格馬捕龍祭！

多納‧巴伐發龍不愧是拉里巴部落的麥塞塞基浪！在他領導的十數年間，拉里巴部落呈現出前所未見的榮景，部落人民莫不以身為拉里巴人為敖！因此，當多納酋長高舉雙手時，所有人很快地安靜下來……。

此外，一名穿著短裙、無袖上衣的健美少女，隨著「咚！咚！咚！」的鼓聲，有節奏地舞動她那豐滿誘人的肢體，她跳的正是族人所說的驅邪舞！民眾則安靜地注視她的每一個動作，企圖能從中領悟神聖的啟示。

不過，不管那名舞者如何舞動，人們依然摸不清她所表示的肢體動作，只入神地乾瞪眼！

「也好，神明無靈，人民之福啊！」

不久，那名舞者迅速離去！多納酋長很有禮貌地請谷灣酋長坐在他特別安排的座椅上，座椅前的竹槍高度恰巧與地主的竹槍平高，這是多納酋長特別安排的。

咿——呀——喔里，拉——父父——啦

（啊，我們的祖先們啊！）

主祭者巴拉卡萊站在祭台中央，抓起一個「卡捕龍」（族語：藤球），一方面自然擺動卡捕龍，一方面大聲地起音！

尼亞——伊里岸——頌！

（我們虔誠地祈禱！）

坐在祭台上的壯士們，沉穩地握住竹槍，輕輕地推向中央地帶，使它在搶球時能靈活移動，順利地刺中目標球！

「壯士們！」主祭者站在祭台的中央，舉起手裡的藤球，向二十多名坐在竹槍座位上的戰士狂吼！

「什麼神？！」手握竹槍的戰士們中，有人激動發問！

「刺麻斯──奴娃──麻！宰！」（族語：死神）

主祭者一說完，就把卡捕龍使勁地拋向空中！

藤球騰空及時呼嘯而去！它很快地越來越小，越來越遠，最後，它飛出了場外，在一個不知名的地方掉了下來！

「壯士們！」主祭者又舉起手裡的藤球，向正在竹槍座位上的壯士們狂吼！「什麼神？！」手握竹槍的戰士們又問。

「刺麻斯──奴娃──格馬洛捕！」

主祭者回答，狩獵之神來了！

「來──呀！──」壯士們豪邁地唱和。

「嗚──」

主祭者發出長嘯，使勁地將藤球拋向空中！每一個人都緊繃著精神盯住藤球飛行的方向！……

「卡──朗！」竹槍發出清脆的撞擊聲！

「……」間隔六七秒的時間內，聽不到任何聲響！

「嘩－啦──」竹槍再度分開，發出驚心動魄的聲音！

每一個人都屏住氣，安靜又焦慮地等待竹槍分開後會發生什麼事！

「啊！多娃竹姑，多娃竹姑刺中了！」

有人眼尖，一下子看到了藤球被何人射中了，興奮地叫道！

　　果然，那顆代表幸運、榮譽及尊嚴的藤球，正牢牢地插在谷灣酋長的竹槍頂上，那一座滿是刺竹尖的圓盤！

　　「多娃竹姑的人刺中了！」

　　「麥塞塞基浪谷灣刺中了！」有人肯定地叫嘯！

　　於是，五年祭在緊張、亢奮、熱鬧的氣氛中熱烈地進行！族人的心情也跟著藤球的起落而變化！

　　拉里巴部落陷入了瘋狂的歡樂中而無法自拔了！

　　「刺麻斯──奴娃──伊索姬！」

　　主祭者叫出第二個神祇的名字，愛神來了！

　　「來──呀──」

　　「嗚──」

　　主祭者高聲長嘯，用力地把藤球拋向空中！只見藤球越來越小，越來越小……然後，它在升空時的軌道迴轉後俯衝而下！壯士們緊張地直盯住它，將手裡的竹槍用力往前推動！

　　「好，抓住它！」

　　「卡朗！！」竹槍發出清脆的聲音，碰撞起來！

　　……

　　經過數秒鐘的等待後，人們驚叫：

　　「麥塞塞基浪，麥塞塞基浪刺中了！」

　　「福載！」

　　「福載！！」

　　人們瘋狂地嘶吼、跳躍，甚至有人喜悅而掩面哭泣，久久不能自己。

　　於是，瘋狂的「格馬捕龍」依照「死亡（ma-chai）」，狩獵（qumalop），愛情（qee-soju），豐收（masovawo）以及出草（malovek）的順序祭祀神祇！

　　現在，輪到了壓軸好戲，代表權威與聖上榮耀的keoh-chi，戰神之球來了！

　　咿──呀──喔里──拉父父啦！
　　（啊，我們的祖先們啊！）
　　主祭者巴拉卡萊突然中了邪似地，四肢開始抖動，而戰慄的祭歌聽來就分外淒涼傳神！

　　尼亞──伊里岸頌！
　　（我們祈求您呀！）
　　手握竹槍的戰士們，血紅的眼睛緊張地瞪視著即將升空的卡捕龍，希望祂會奇蹟般的被他刺中，使幸運的五年中有豐富的收穫！
　　「壯士們！」
　　巴拉卡萊穩重地揮動手裡的卡捕龍，像旋轉車的飛輪一樣，在半空中不斷地打轉！
　　「什麼神？！」壯士們喝問！
　　「嘉卡拉伍斯！」
　　戰神來了。
　　「嗚──」
　　巴拉卡萊有如神祇附身一樣，強壯的手臂在地面上用力旋轉數秒後，他大叫一聲再振臂一擲，戰神之球立即扶搖直上，呼嘯著直衝天際！……
　　從來沒有人有這麼強大的臂力，使戰神之球直衝天際的！藤球在空中消失數秒後，再次俯衝而下！
　　壯士們不慌不忙地把竹槍推向方場正中央，等待嘉卡拉伍斯

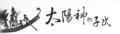

選擇！

……一秒鐘，兩秒鐘，三秒鐘！

那一顆戰神之球迅速地下降！！

「嘩啦！──」竹槍發出分開了的聲音，非常雄渾！

「哇！嘉卡拉伍斯被兩個人刺中了。」

果然，當竹槍拉開之後，人們驚喜地發現，戰神之球居然同時被兩根竹槍刺中，一時還拉不開！

「多納，我來。」

谷灣看出了鄰座為難的表情，他請多納穩住後，再使勁地搖動他的竹槍。數秒後，他把竹槍往自己的坐椅上用力一拉，只聽到「嘩──啦！！」一聲，兩支竹槍迅速分開，那顆戰神卡捕龍正牢牢地掛在多納酋長的竹槍上！

「麥塞塞基浪，福載！」有人高喊酋長萬歲！

「麥塞塞基浪，福載！」有人附和地叫。

……

瘋狂的歡呼聲，響徹雲霄！

多納酋長的子民們又陷入五年祭的歡樂時光，每一個人都沉浸在五年祭光榮的歡呼聲中！

谷灣酋長也倍感到尊重，愉快地率領慶賀團，匆匆的趕回多娃竹姑部落！

3

本來，五年祭是連續七天的祭儀。不過，谷灣酋長心裡惦記

著嘉莎，怕她胡思亂想，谷灣非常明白，女人在某一方面是非常
小心眼的。不過，讓他想回去的另一個原因，卻是拉里巴部落舉
行五年祭時，那種瘋狂的叫嘯與人群沸騰的高昂情緒，引燃了谷
灣復仇的衝動！此時此刻，他真的要一刀砍死那邪惡的日本警察
──長島裕次郎！！

　　多娃竹姑離此不遠，中午以前，谷灣及他的夥伴們就到家
了。

　　「嘉莎呢？」一到家，谷灣看不到日夜惦記的女人，問道。

　　「姐姐出去了，麥塞塞基浪。」七歲的粗邁告訴他。

　　「姐姐在地瓜園吧？」谷灣親暱地摸摸小男孩的頭，問他。

　　「我去叫她？」小男孩自告奮勇地問。

　　「好啊！」順水人情，谷灣豪爽地答應，他正愁著該叫什麼
人去才妥當呢！

　　「我去了，麥塞塞基浪！」粗邁高興地奔出屋外，向地瓜園
跑去！

　　「這孩子！」谷灣苦笑，喃喃自語。

　　家庭裡，除了輪值幫傭的巴拉庫灣少年以外，再也沒有人！

　　「奇怪，我怎麼會有這種感覺呢？」谷灣躺在床上，胡思亂
想！

　　「嗯，莫非是我真的愛上她了？」他想著想著，突然看到嘉
莎俊秀的臉蛋深情的大眼睛。可是，他又覺得好像不僅僅是想念
著她而已，不曉得還有什麼事或什麼人讓他記掛在心裡？

　　「格馬捕龍？拉里巴的部落首長，醜惡的日本人長島裕
次郎，……麻依那炸迫！對了，我要對日本人麻依那炸迫，親
手殺了長島裕次郎那個混蛋！再舉行『得茂道勒』以洩心頭之
恨！！」

谷灣酋長一說完，重重地打柱子，茅屋應擊震了一下。

「麥塞塞基浪，你怎麼啦？」嘉莎匆匆地自房外回來，問他。她不明白，一向沉穩的酋長怎麼會發瘋似地狂吼呢？

「妳回來了。」谷灣見她回來，立刻裝作沒事的樣子，輕描淡寫地打招呼。

「剛到而已。」嘉莎心有餘悸地說：「你剛才兇惡的樣子真嚇人！」

「嘉莎，你可知道，我在拉里巴有多風光呀！」谷灣激動地捉住他的小手說：「格馬捕龍的時候，我在拉里巴人的面前，一連刺中了伊沙刺墨勒（族語：狩獵）和麻依那炸迫兩名神祇。」

「太好了！」她由衷的為他高興。

「嘉莎，我好想妳！」他定定地注視她，眼裡充滿了想念與愛情的衝動！

「谷灣！……」她也情不自禁地直呼酋長的名字。在排灣人的傳統習慣上，只有父母與長輩可以直稱你的名字；而平輩底下的兩個人，只有稱呼對方為咖咖（族語：哥哥或姐姐），對比較年幼的弟妹們就叫他們為「谷卡卡」，以示親切。而此刻，她直呼谷灣酋長的名字，是另一種非常嚴重的失禮！不過，他們是已論及婚嫁的情人，如此叫他反而顯得更親切，更友善了。

「今天晚上，」他輕輕地拉她一下，嘉莎則小鳥依人地靠在谷灣寬厚的胸膛上：一縷少女的特有體香，輕輕地被他吸吮，兩個年輕人立即陷入了甜蜜的擁抱，遲遲不願分開！「我要宣布一件事！」

「什麼事？」

「我要對日本人麻依那炸迫！把那個打傷我的日本人割下烏盧烏盧拿來巴力西！」

「可是，你的病才剛剛好呀，麥塞塞基浪！」

「不礙事，已經超過半年了。」

「那就好。不過，我還是擔心你呀！」

「放心，我會活著回來的。」

「……！」

她還想說什麼，卻又不知道該說什麼了。這種矛盾的心情開始在她內心深處交戰！谷灣明白她心情的矛盾，就鼓勵般地捉住她的一雙手，對她說：「我知道妳還想說什麼！」

嘉莎了解到谷灣出征的理由是報仇後，就不再阻止他，兩個人甜甜蜜蜜地坐在榕樹下談天。他們雖然知道出征很危險，隨時有為部落也為啊達喔剌麻斯犧牲的可能性，不過，排灣族人對麻宰（族語：死亡）的忌諱非常深刻，所以，他們絕不提死亡的詞字，以免觸犯了太陽神的戒律而遭到敵人殺死！

就這樣，這兩名情人在有些不捨卻又不得不分離的狀況下，分手了！

谷灣在巴拉庫灣挑選了六名有經驗的戰士，加上自己就符合了祖先們遵從太陽神戒律的教訓。太陽神的戒律是這樣來的：出草的人數必須控制在七名以內，這樣的人數方便在崎嶇的山路上運動而不易為敵方發現。同時，谷灣在經歷了半個多月日本人的嚴厲教育後，他對日本有了更深層的了解。

日本人這些兇手們，根本不把原住民當人看，他們藉著強大的火力、強勢的文化，把這些住在台灣島超過一萬年以上的南島民族，當作沒有文化的野蠻人，稱原住民同胞為「番人」，他們在原住民地區設立的小學校也叫什麼「番童教育所」，根本就是拿大便往原住民的臉上塗抹嘛！

　　夜幕低垂了，谷灣所領導的突擊小組迅速下山，直朝日本人駐守的大武街上衝去！

　　半夜過後，谷灣的復仇突擊隊抵達了大武街上。

　　大武街上一反白天喧鬧的景象，除了一兩聲狗吠外，一切都靜悄悄地怕人！

　　這些打著赤腳的突擊隊員們，走在路上的聲音非常小聲，根本驚動不了日本警察。很快地，他們摸到了大武警察部。擔任警衛的警丁，正放心大膽地抱著一桿大槍，在打盹！

　　「斯巴特，力馬！」谷灣壓低聲音，叫道。

　　「麥塞塞基浪？」

　　「哨！」谷灣指著衛兵，比了一個割喉的手勢！

　　「喔咿！」兩個人立即會意地回答：「是！」

　　他們迅速地摸過去，斯巴特從衛兵的背後抱住，搗住嘴巴；力馬則迅速抽出雪亮的番刀，就刺進了衛兵的胸窩……可憐，衛兵吭都來不及吭，就迷迷糊糊地死了。

　　斯巴特把日本警衛的屍體放在地上，抽出番刀沿著頭頸骨的關節，熟練地切下人頭，用一塊厚布把番刀擦乾淨，再用人頭長髮綁在腰際，迅速歸隊！

　　力馬撿起掉在地上的長槍，笑嘻嘻地跟在斯巴特後面！

　　「你們就在這裡擔任警戒！」酋長很快地處置狀況：「路沙和特洛及依達率領攻打右翼，法賽跟我攻打左翼，出發！！」

　　戰士們像狼群一樣的機靈，放輕腳步，在領導人的率領下，很快地進入了敵營。依達所率領的這一隊，目標是大通鋪。床上躺著三名警丁，他們藉著微弱的下弦月光，如切南瓜似地切下三具人頭，快速地離開：這些警丁還來不及甦醒就已人頭吊在勇士們的腰際了！

不過，谷灣這一邊可能就沒有那麼順利了。

當他用力地拉開門扉時，房門從裡面反鎖。日本人一向都很膽小，為了防備原住民的攻擊，夜裡就從裡面反鎖！

「快叫斯巴特和力馬過來。」谷灣當機立斷，馬上下令另一組人馬過來支援！

「是！」法賽很快地把他們帶過來了。

「聽著，房門反鎖，我們進不去。」谷灣把狀況告訴他的部下。

「麥塞塞基浪，依達和路沙已經到手，叫他們叫鬧好了。」法賽建議酋長。

「好！你去叫他們開始叫鬧。」酋長同意他的意見：「你們兩個，一個看住一個門，不准日本人溜掉！」

「是！」

「哇——哇——哇——」

「……！」

只一會兒工夫，右邊的房中傳出了戰士們的叫鬧聲！

「什麼人？！」

果然，日本人中計了，三名日本警察不約而同地驚醒過來，手裡各拿著手槍，拉開房門喝問！

谷灣不慌不忙，就等長島裕次郎走出房門的一剎那間，他一腳踢掉手槍，反身挾住了長島的脖子！

長島也不是省油的燈，他兩手一挾，就把谷灣的雙手反扣，蹲下身，來一個掃腳的柔道術，碰的一聲，谷灣被他摔得老遠！

但是，谷灣何其聰明，在他被摔出去時，可就看準了長島的短劍就掛在腰際。當他被摔出去的那一刻，就順手拿下長島的短劍，心裡踏實多了……。

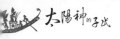

　　長島雖然失去了武器，但他還是擺出了空手道「空手搏血刃」的架勢！他有把握把這個番人制服！⋯⋯

　　「把——宰——有——」谷灣發出了獅子般的怒吼，舉起對方的短刃高喊：「去死吧！」

　　谷灣果然是身經百戰的排灣族英雄，他在一來一往間，準確地把小刀狠狠地刺中了長島裕次郎的胸窩，鮮血如噴泉般地噴滿一地，不到幾秒鐘，他一翻白眼，倒下去，死了！

　　「我說過，我要你死你就得死！」

　　谷灣一面切下長島的人頭，一面喃喃自語。有一種說不出來的感覺正在胸臆中掙扎、翻滾、咆哮！！他不知道是要高興，因為他手刃了長島裕次郎這個惡人，還是他應該感到抱歉，因為他殺死了一個人！

　　不過，想歸想，他仍要面對現實吧！

　　谷灣清點人數後，他們沒有折損人員，他們還割下了長島裕次郎及其屬下共五顆人頭，戰果豐碩！歸隊後，他們愉快地向部落前進！⋯⋯

　　而大武街上呢？出現了一個奇怪的現象！

　　天亮後——

　　早起的農人看不到一個日本警察出來活動！更特殊的事也發生了，街上竟也看不到一隻狗出來找東西吃！於是，幾個好管閒事的鄰居，壯著膽到警察部一探究竟！

　　喝！不得了，警察一個也沒少，只是個個都丟了腦袋瓜，而街上所有的狗兒都集中在這裡，正在大打牙祭，啃食日本人身上的肉呀！

　　在回家的半路上，谷灣遇到了巴拉卡萊率領的後援部隊，那

些留守部隊的男丁們，被派任防守部落附近的山谷，防備日本人出其不意地反擊！

「巴拉卡萊，麻紗洛！」谷灣由衷地感謝他們的支援！

「打仗是跟每一個男子有關的事。」巴拉卡萊語重心長地說：「萬一走脫了一個日本人，他很快地向派出所報告，法啦敖（族語：台東市區）的日本麥塞塞基浪（指的是日警的首長）知道了，問題就變大了。」

「法啦敖那麼遠，日本人如何在短時間內通報呢？」

「你不知道哇，麥塞塞基浪。」巴拉卡萊解釋：「日本有一種細細長長的線，分別架在法拉敖與邦累（大武）中間。他們只要拿起像剛長出來的竹服閣（族語：竹筍），放在耳朵旁，再對準像夫其亞勒（族語：花）的東西一講，兩方面就可以對談了。」

「啊！有這種神奇的東西呀！」谷灣驚奇地追問。

「當然有！」巴拉卡萊得意地說：「所以，日本人能在很短的時間內知道那裡發生什麼事。」

「巴拉卡萊，這一次，日本人會來嗎？什麼時候？」

「我在你們出發的同時，已經在很多地方切斷了電線，我相信，日本人在短期內不會到那裡的。」

「巴拉卡萊，麻紗洛。」酋長表示謝意。

「這沒什麼，我只是盡力做好一個好巴拉卡萊的工作而已。」巴拉卡萊謙虛地說。

「那，我們回去吧！」

「是！」

於是，谷灣這一次的突擊隊，風風光光地回到了部落！

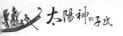

　　幹部們在舉辦「斯曼草草」（族語：出草祭）以前，又重新清點了戰利品。他們一共擄獲了包括長島裕次郎在內的五顆人頭，他們出草的成果非常豐富，恐怕是多娃竹姑建村以來，殺人最多的一次出草祭。

4

　　三天後，盛大的「得茂道勒」在多娃竹姑部落盛大舉行。

　　部落所有的戰士們全體動員，把部落後面的那一面岩壁當作放置烏盧烏盧的地方。他們以搶拾自大竹高溪底的扁平石板橫放其間，再一層層地往上架設，形成蜂窩似的，嚴密而平整。這個管作「巴部烏盧烏盧灣」的首級骨架，裝滿白色頸骨後，遠遠望去，真如即將孵化的白蟻蛋窩，非常壯觀！另外，他們常在骷髏窩的前面約六公尺的地方，架設祭台。把那些開始腐爛的日本警察頭顱放置其上，等到大祭司辦過招魂祭後，再把它們放置在正式的巴部烏盧烏盧灣。

　　這些日本警察的首級都很猙獰！其中以長島裕次郎的首級最為難看！他那因恐懼而暴出的眼球，就好像真的要掉下來的樣子！不過，因為他是麥塞塞基浪谷灣的戰利品，所以，儘管難看，祭師們還得強忍惡臭，將它擺在第一位，就是正中央最顯眼的地方！

　　今天是甫力高們最後一次的招魂！也帶領他的巫師團隊，謙恭地排列在祭台的兩側，強忍著屍體腐爛的惡臭，認真的誦念經文……！

——啊達喔剌麻斯
——卡度剌麻斯
——剌麻斯奴娃父父（族語：祖靈）
——剌麻斯奴娃拉瑪愣（族語：原意是老者，老大，在這裡卻指百步蛇神。）
——剌麻斯奴娃馬勒卡阿奴瑪咖（族語：所有的神明，包括好神與壞神。）

葛其格其本雙手高舉，顫抖著聲音，朝祭台上的首級大聲召喚：

To chuwa adowu tesonna neyakepakoligan a to sa ada adwu!
今天這個祈求幫助的日子裡，我們的太陽神。
Aechu wa wulowulo nawa lepon, ohee neya Seke lega chianosoon!
而這些日本人的首級呀，正是我們請求幫助的祭品。
Saliga lavachth ahmen to sokelalaigan a pachimamelen!
祈求祢常與顧吾子吾民以迄永遠！
Paee pavaee yawen towa cacanon towa sachimeler, Masalowalavacha men!!
請祢賜給我們糧食以及豐盛的獵物！

祭師們也在酋長的領導下，賣力地誦唸招魂經文！他們企圖把這一次的出草祭辦得有聲有色！
「嗚——」
突聞一聲長嘯，酋長帶領六名勇士，瘋狂般地衝進會場！祭

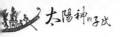

師們立刻跪下，頻頻向首級膜拜！！

——Cha ahla!（族語：我們的敵人。）

酋長抓起長島裕次郎的首級，大叫。然後，張口在長島腐爛的首級上狠狠地咬了一大口！吐掉！！
——福載！——全體村民同聲歡呼，萬歲！！
——cha ahla!

酋長再次狂吼！再狠狠地咬掉長島裕次郎的腐肉！
——Vujai!!——族人興高采烈地再次高喊：萬歲！吵鬧
的聲音響徹雲霄！
多娃竹姑部落陶醉在祭典的歡樂中了！
當夕陽的餘暉拉長了人們的身影時，人們才滿意地拖著疲憊的步伐，回到了家！排灣族人的出草祭終於劃下了句點，他們真的想好好休息了！

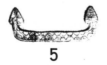

5

多娃竹姑部落因為他們敬愛的酋長要結婚了，人人都陷入了歡天喜地的氣氛裡。

巴拉庫灣的勇士們，遵照拉馬楞的指導下，分成狩獵、漁撈及警衛隊。

狩獵隊由深具狩獵經驗的發糾坤帶領，到附近的獵區嘉洛麥

亞進行三天的打獵。嘉洛麥亞位於多娃竹姑部落上去約半天工夫的地方，雖然距部落較近，但麥塞塞基浪規定，除了部落舉行狩獵祭以外，任何人都不可以前去狩獵！同時，由於它距離部落不遠，又有多娃竹姑的巡邏隊在維護，附近的拉里巴、土娃巴勒以及丘卡谷萊等部落人民也不敢擅闖，所以，山上的動物就自然增加，成為一處好獵區！

發糾坤所率領的狩獵隊，只花了不到三天的工夫，就拾回來了豐盛的山肉，看起來，再多的來賓都沒問題，來吧，儘管派人來湊熱鬧，多娃竹姑的獸肉絕不匱乏的。

漁撈隊由巴拉卡萊擔任指揮，他把沒參加狩獵隊與警衛隊的所有戰士們，全部集合起來，再依年齡與體力，分成採集材料組、開挖河道組及撿拾溪蝦組等等。到了中午時候，各組負責人員把各組帶開，執行所分派的任務！

多娃竹姑部落附近有許多野生的艾烏歪，可以用來阻擋流水。採集組就是上山採集這艾烏歪，再搬到溪邊候用。至於河道開挖組則選派年輕力壯者，攜帶事先砍好的木材當作開挖新河道的工具，由於這一組工作需要耗費大量的體力，因此，多選派年輕的甫拉里森擔任。而警衛組就簡單多了，找部落裡一些年紀稍長而又行動不便者擔任，那一切就搞定了。

經過充分溝通與適才適所的派遣後，多娃竹姑部落的酋長婚禮前置作業似乎都已完成了！

不！還有一項重頭戲，族民還得上山尋找質地較軟的，卻可製成臼的木材，同時，木杵、米食與芝盆（族語：指舂米時，用來篩選米粒與雜質的籐製品）也必須同時備好待用。

然後，鐵匠們要小心地製作代表酋長權力的酋長禮刀，另外，還要製作佩刀、獵刀以及工作刀等。更重要的，他還要篩選

大小各一的鐵鍋，以彰顯酋長已經成為排灣族人所公認的麥塞塞基浪！

村民們把採集的三支巨木，在部落的出口右方架起來了！他們將一條藤蔓留在三腳架的中央部位，離地一公尺左右，在微風的吹拂下，正輕輕地自由擺盪中！

巴拉庫灣的年輕少女分站兩旁，正熱情地唱著他們自編的情歌！

沒多久，他們看到了盛裝的谷灣和嘉莎，手牽手地通過人牆，莊嚴地走到了鞦韆架前，然後，他愉快地把新娘扶上鞦韆架上，再輕輕地拉住長繩，往外一帶，放手！

新娘像隻花蝴蝶一樣地輕輕飄動，盪過來，再騰空飛躍時，那畫面真的很迷人！

「啊！美極了。」立刻有人感受到新娘意境的美妙，讚嘆地驚呼！

嘉莎緊張地抓住藤條，兩腳微彎前後擺動，空氣在她擺動下，慢慢地活躍起來了！

觀禮者以一種欣賞的心情來感受。果然不錯，他們獲得了空前的滿足！

「從來沒有看過這麼美的盪法！」

「真不愧是麥塞塞基浪的法勞！」

族人議論紛紛，討論新郎新娘的迷人風采！

嘉莎像一隻彩色鮮豔的花蝴蝶，在年輕族人的伴唱中，完全浸淫在美妙的音樂裡！於是，她盡情地擺盪，把愉快的氣氛，隨著歌聲的昂揚或低沉，深深地，深深地融入其中了！

谷灣雙臂交疊站在人群中，專注地看著他的新娘愉快地擺

盪！他的臉上不時地露出愉快與得意的表情來！族民們也受到這場婚禮的感染，不時傳來歌唱與擊掌的回應！

　　麥塞塞基浪歡愉的婚禮，正悄悄地散布在部落的每一個角落！

　　漸漸地，旺盛的營火變小，人們的歌聲也不再那麼高亢，年輕舞者也越來越少……

　　「我還等什麼？！快跑！」嘉莎迅速地脫開前後兩名舞者的手，拚命朝黑漆的村外奔跑！

　　舞會並不因女主角落跑而受影響，年輕人依然跳著，他們熱情的情歌也一首首地出籠，聽得少女們各個都心動了！只有谷灣不敢大意，趁嘉莎衝出會場的剎那間，他毫不放鬆地跟在後面追趕！

　　幾個與酋長走得近的年輕人，看到谷灣脫隊去追新娘，也跟在谷灣後面追！

　　「大家注意！」谷灣停下腳步，輕聲地下令：「嘉莎的家人顯然已經設下巴俄正（族語：路障），你們要小心應付。我跟奔那迫迪就直接接人，你們要想辦法去克服困難！」

　　「麻紗洛！」大夥兒同聲謝謝。

　　「走！」酋長下達攻擊令了。

　　「是！麥塞塞基浪。」

　　谷灣遇到的第一關，居然是要求他喝完三杯米酒……

　　「麻紗洛！」谷灣豪邁地接過竹節砍成的酒杯，一口喝下！

　　「通過，走吧！」攔路的一群耆老心服地說。

　　谷灣很高興地扯一扯身旁的友人，迅速離去！

第二關由獠龍這個巨無霸把守！

他是部落的角力冠軍，高大雄壯的身材有如一頭黑熊，看了著實令人心寒，不過，碰到像谷灣這種獵熊英雄，套一句族語來說：獠龍只是谷灣早餐前的一道菜，根本不值得一提。

果然，谷灣與其交手不到一根菸的時間，獠龍已經躺在地上求饒！谷灣為爭取搶婚的時間，他當然不戀戰，揮一揮手，從獠龍身上跨過去，邁向第三關！

一群躲在草叢裡的族人們，總算見識到他們的麥塞塞基浪的厲害！

當酋長躲過另一個挑戰者——法賽的攻擊時，他立刻蹲下並以左手擋開，然後把右手伸進對手的腋下，左手再握住對方的手臂，彎腰，轉身，抬臂，用力一摔！

「唉喲！」

法賽被結結實實地摔在地上，痛得大叫！

「再來呀！」谷灣神氣地說，輪到他挑釁！

「不敢，我輸了。」

「那就讓路！」

「是，麥塞塞基浪。」

法賽被谷灣酋長摔得五體投地，乖乖地讓他奔向第四關！

最後一關是射箭！

谷灣出身麥塞塞基浪人家，又是老酋長指定的唯一繼承人，他哪一樣武術沒學過？因此，像這種夜間射箭的方法，對他來說，也是非常自信可以過關的。

谷灣滿頭大汗地通過各地險路後，他老遠就看到了那一盞小小的火把在黑夜裡搖晃！它有時快速地左右橫向移動，有時會上

下更換位置，真叫人摸不著方位！

谷灣發現目標後就小心翼翼地慢慢靠過去。然而，它卻狡猾地快速移動！

「咻——」

一聲尖銳的箭朵飛行聲劃空回去，精準地射掉了六支火把的芯，大地又陷入黑暗中，卻爆出了吵雜的人群！

「射得好！」

「麥塞塞基浪，福載！」

……！

讚美聲不絕於耳，谷灣卻安靜地站在原地不動聲色！他正等候地方長老的糾正或讚美！

「麥塞塞基浪—谷灣，通過考驗，你可以帶走新娘！」

「麻紗洛！」谷灣高興地說，謝謝。

終於，他再次牽著嘉莎的手，通過村民安排的人牆，愉快地帶她回家了。

族人為慶祝麥塞塞基浪結婚，瘋狂的展開歡樂歌舞及飲酒，他們企圖讓快樂的音符傳遍整個大地！

6

「報告支廳長，大武警察部的電話不通！」

日本帝國派駐台東警察支廳長佐佐木正吉，剛才接到值日官熊本的報告，大武警察部的電話不通，他懷疑已遭到破壞，所以

向支廳長請求裁奪！

「你派人查清楚了沒有？」

癡肥多肉的支廳長，最怕碰到這種傷腦筋的事了。他對著「多事」的部下咆哮！

「大人，我拿不定主意，才來請示的，對不起！」

「都是廢話！」支廳長爆跳如雷：「你馬上派人去查清楚後，再來報告！」

「哈伊！」（日本語：是的意思。）

熊本自討沒趣，懊悔地退回他的辦公室。他越想越生氣，怎麼回事？據實報告還要捱一頓亂罵？熊本正思索著要找誰出氣的時候，突然，他眼睛一亮，倒楣鬼來了！

「加藤君，你過來！」

「嗨！」加藤乖乖地走到熊本的面前，聽候發落。

「你剛才告訴我，大武警察部電話不通，你查了沒有？」

「大人，還沒有呢！」加藤恭謹地回答。

「馬鹿野郎！！」現在輪到熊本發威了：「你自己不先查清楚就來報告，我請問你，你在幹什麼事呀？」

「對不起，是我不對！」加藤恭謹地道歉並微微鞠躬道歉。

「你馬上派人去查查看，一有狀況，迅速回報！」

「哈伊！」

於是，他懷著一肚子烏氣，恨恨地退出了部長辦公室。悻悻然地回到座位，很生氣地坐下，發呆！……

待加藤走出去後，熊本值日官拿起電話機，命令總機小姐幫他接到警備隊。

「我是警備隊警佐西川芳彥，請講話。」聽筒傳來了值班警佐的回答。

「我是郡值日官熊本。請注意,本單位要處理一件重大刑案,你馬上派三名警目向我報到。」

「哈伊!」

於是,一支由松本警佐率領的調查隊,沿著荒涼的太平洋海岸線,辛苦地向大武地區開拔了!

「我們派駐在大武警察部的六名同仁,都是在內地(日本人為區別台灣與日本本土而稱內地)受過嚴格的訓練,每一名都是最優秀的警察,我相信,憑他們的機伶與幹練,不會輕易地發生意外。因此,我派你們前去調查的目的,是希望你們能找到蛛絲馬跡,以順利帶他們回來!」支廳長帶著關心部下的語氣,繼續說:「如果不幸他們受傷的話,這個紅色藥箱有很好的救命藥丸,記住,一定要把事情的真相告訴我!」

佐佐木支廳長的耳提面命,如同一根勒住喉嚨的繩子,令他們不敢大意,深怕因自己一時的疏忽而丟掉了性命!

次日中午,他們在秋陽高照的熱氣中,抵達了大武街道上!

烈日下的大武街,氣溫高達三十度以上,沒有風,樹蔭也少得可憐!

「啊!真受不了!」隨行的有田警目以上衣的下襬不停地揮動搧風!

「台灣哪,什麼都好,就是番人和悶熱叫人受不了!」警目石島忠夫也抱怨起來。

「找個地方休息吧!」背負行李的竹田警目指著行李,向領隊熊本請示。

「就到了。」熊本一直惦記著佐佐木支廳長的訓令,他不敢稍事休息……

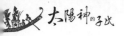

「咦？好臭！！」石島的鼻子一向靈敏，他嗚住口鼻叫了！

「嗯，好臭！」同行者紛紛嗚住口，叫著。

「……不對，有狀況！」熊本想到了他的任務，頓時心中升起一股不詳的預感！他說：「全體注意，上刺刀，跟我來！」

「哈伊！」

警目們紛紛上刺刀，裝填子彈，跟在熊本的後面跑！當他們越接近警察部的時候，那股臭味就越濃！！

「哎——呀！」

一到門口，他們同聲尖叫！原來，他們的日本警察同仁，驕傲的長島裕次郎和他五名部屬，一個也不少地橫躺地上；不過，僅能從制服的階級來判斷，這些遺體誰是誰了；因為，他們的頭顱都不見了！

「哇——」

「嘔——」 這些警目們一時控制不住自己，一個個坐下來嘔吐！熊本警佐也忍耐不住惡臭，轉身嘔了出來！

「快！哇——檢查，——嘔，全區！！」

熊本一方面嘔吐，一方面下令，他強自鎮定的工夫到家，所以，還可以斷斷續續地下達命令。然後，迅速地從衝進辦公室，抓起話機就一陣猛搖！

他緊張地忘了他是奉命調查電話不通的原因，事實未明，電話當然不通呀！

「集合！——」

警目們被惡臭薰得像喝醉酒一樣，好不容易才歪歪斜斜地衝進來！

「有沒有新發現？」熊本問他們。

「沒發現。」石島警目說。

「你呢？」熊本再指一指有田真夫問。

「沒發現。」

「我……也……沒……沒發現！」竹田英三等不及熊本發問，搶著回答。

「我們走！」

熊本下達撤退令，警目們如釋重負，快跑脫離了這個臭氣薰天的大武警察部！他們拚命的跑，一直跑到不再聞到惡臭才停住！

「好了，」熊本勻過氣後，向警目們講話：「他們遇難的時間在三天以上，也就是電話中斷的那一時刻。而且，我判斷兇手知道電話及電線非常重要，所以從多處剪斷破壞。但是，我們必須把大武地區受到攻擊的現場報告長官才好！」熊本非常精明地分析並迅速處置狀況。

「現在，我分配任務！」

「哈伊！」警目們提起精神，專注地聽令。

「有田，竹田！」

「哈伊！」

「你們負責電話線接通的工作。」

「哈伊！」

「石島君。」

「哈伊！」

「你協助我在部落作刑事調查工作。」

「哈伊！」

「解散後，各小組馬上進行工作。」

「哈伊！」

熊本帶著石島警目在大武街挨家挨戶的調查詢問工作。不

過，開始的時候，他們的詢問工作似乎進行得不怎麼順利。大武街上住著廣東或福建的中國移民，平時與大武山區的排灣族人相處得十分融洽！他們克服了語言上的障礙，以物易物的方式做最原始的買賣，大家各取所需的結果，也就沒有爭執了！

　　但是，自從那些留八字鬍的日本人來了以後，他們的生活秩序一下子被打亂了！原住民們時常被日本警察莫名其妙的欺侮；有時候，一些長得比較標緻的排灣族人的姑娘們，也會受到日本警察的調戲！族人心裡雖然不愉快，但礙於日本警察都佩有長長的武士刀以及十四式的手槍，他們的一口鳥氣也只好往肚裡吞了！

　　誰叫我們大清帝國打了敗仗呢？！

　　「大武警察部被攻擊的事，是誰做的？」

　　「警佐大人，我們不知道啊！」

　　「馬鹿野郎的支那人！」熊本氣急敗壞地咆哮：「你們良心說得過去嗎？」

　　「警佐大人，我實在……」

　　「住嘴！」熊本惱羞成怒地一掌打過去！一股鮮血立刻從他口裡噴了出來！「從實招來！！」

　　「警佐大人，他們是……附近的……番……番人殺的！」

　　「番社的名字，什麼人？」熊本有侵略的本性，緊迫盯人地追問！

　　「不……不知道！」

　　「不知道？！」熊本剛剛發現了線索，豈可輕易地放掉？「不知道的話，你怎麼會一口咬定是番人殺的！！」

　　「那些人……」

　　「什麼人？」

　　「被殺的那一些人。」

「怎麼樣？」熊本心裡一喜，追問道。

「他們的頭……都被切下。」

「說下去！」

「只有番人在殺人後，才會切下人頭來祭神！」

「你們不會嗎？」

「我們都是文明人，當然不會殺人祭神啊！」

於是，熊本的腦海立刻出現了原住民出草殺人祭神的畫面……

「番人？首級？祭神！哎，我怎麼沒想到是番人幹的呀！！」熊本自責地大叫！！

「是啊！」石島乘機奉承上級，「八成是大武山的番人幹的。」

「鈴——鈴——鈴——」

突然，電話鈴聲大作，振奮了所有在場的日本人！

「貓西貓西（日本人的電話用語，不具任何意義），我是大武警察部山田警目，請講話。」

「山田桑，請報告熊本警佐，電話線路已經暢通！」

「你們現在的位置在哪裡？」

「在大竹高溪南岸。」

「兩位辛苦了，我馬上報告熊本警佐。」

「謝謝你。」

放下聽筒，山田警目就迅速報告熊本警佐，有田他們剛剛接好電話線路！現在可以打通台東支廳了。

熊本興奮地抓住電話，用力地猛搖電話線約十五秒後拿起聽筒一聽，對方果然有了反應。

「台東廳的長官嗎？」

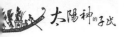

「是的，請說。」聽得出來對方也高興地回答！電話斷線已經三五天了，大家也著急。

「請郡長講話。」

「我就是佐佐木郡長，請問是哪一位？」

「啊！報告郡長，我是熊本！」於是，他一五一十地向長官報告了他們的調查工作與成果。

「大武警察部的部長長島裕次郎以及他六名部屬都已遭人砍死。遺體正在腐爛，我們初步調查的結果，他們是遭到附近番人突襲死亡的。」

「什……什麼！」

「報告郡長，他們沒有一個生還。」

「你調查清楚，第一，官警被屠殺的確實人數；第二，官警死亡的時間以及屠殺的方法；第三，兇手人數及逃亡方向。再以電話向我報告！」

「哈伊！」

「你去做調查工作，我後天就到！」

「哈伊！」電話一掛，熊本警佐衝了出來！

「石島警目，快，我們到大武溪南岸去接竹田君以及他的同伴們！」

於是，他們步行到了大武溪的南岸。他們又痴痴地等了一陣子，天黑了才看見他們等待的同仁們回來。

日本人的命令服從這一點很好，他們奉行的法則就是服從，要絕對服從！上級長官交辦的公事一定執行到底，不達目的絕不中止！

第三天下午快天黑時，佐佐木郡長的諾言實現了。

他帶著三十餘名警官和警目，加上多名阿美族人挑夫，浩浩

蕩蕩地抵達大武警察部，那個遭到排灣族原住民血洗的門外。熊本警佐為了保留現場的完整，以方便刑事偵防工作的進行，他未搬動任何一具屍體。他想辦法借住附近的民房，還派衛兵二十四小時的警戒，以防野狗啃食同僚的遺體！

雖然如此慎重而周全的安排了，蠻橫的佐佐木仍然不滿意，他把熊本叫來罵了一頓！

「這怎麼可能，你花了三天時間去調查，結果竟連兇手是哪一個番社都不知道，太離譜了吧！」

「哈伊！」熊本無奈地回答，是，長官。

「你們四個就負責大武警察部所有的環境衛生，然後，再接手大武警察方面的全部工作，要短期內上軌道！另外，死難同仁的遺體趕快火化，再舉辦隆重的追悼會，讓大武地區的全體村民、學校、漁民、農民等等團體一律參加，必彰顯我大日本帝國對往生者的隆重哀思！」

「哈伊！」

「嗯，很好。」佐佐木郡長轉身，對著他帶來的警官下達命令：「高原警佐！」

「哈伊！」

「你做地毯式的調查，記住，絕不放過任何線索！」

佐佐木郡長提高分貝地說：「要絕對做到大膽假設，小心求證的辦案準則。」

「哈伊！」高原警佐恭謙地敬禮！

於是，日本人的調查馬上展開，各就各位地努力進行；到底這不是一件稀鬆平常的小事！

佐佐木郡長不愧是經驗豐富的幹部，在他細心的計畫，縝密

的布署下，殺死大武警察六名幹員的兇手，很快地被查出來了。

「郡長大人，『大武事件』的兇手已經查出來了，他是大竹番社的人幹的！」高原向長官報告他調查的成果。

「番人的頭目叫什麼名字？」

「番社的人都叫他麥塞塞基浪，意思是頭目。不過，經過我的追查，他本名叫谷灣，他是大竹番社的大頭目。」

「馬鹿野郎的谷灣！」佐佐木郡長咬牙切齒：「我一定要活逮這可惡的番人！」 佐佐木正吉等不及舉行祭靈大典，他囑咐熊本要好好的看守長島這具失去頭顱的遺體，等他從大竹番社捉到了谷灣時，再舉行盛大的祭祀大典！

他發誓，一定要捉到那個不知道天高地厚的番人頭目——谷灣！！

第四章

A cue mevva chia vuvucuaga,a sajatagell aga!

創世紀的祖先們遺訓是,

A chawuchicall nowa,nesa chagalaueus.

偉大的戰神嘉卡拉伍斯說的,

Naemaee tocho,

是這樣說的,

Tolotogo sosewago,chiatokalas dennihin

團結、奮鬥!我們是一條線上的勇者!

Auanegata aouuchung,lotomode lalevowan!

殺戮的日子已到,我們要勇往直前!!

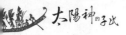

出草殺人的事，在那一段淒風苦雨的日子裡，算不得什麼！不過，當人們在受盡欺壓後而自然興起的「麻依那炸迫」的意義就顯得不平凡了！

不喝酒，多娃竹姑部落族民們卻都醉了，醉於血腥，醉於報了一箭之仇！

然而，族人卻犯下了輕敵的嚴重錯誤，種下了往後一連串災難的根，留下了無法彌補的傷害！

1

大竹高溪出海口的山坡上，那一座多娃竹姑部落興建的瞭望台，突然響起了告警的鐘聲！

遠處，稀稀落落地傳來了槍聲！

谷灣酋長等待的這一天，終於來了。

他從容地按照事先的演練，指揮巴拉庫灣的壯丁迅速到酋長的廣場集合，鋒利的腰刀及長矛要隨身攜帶，以應付戰鬥任務。老弱婦孺立刻攜帶衣服跟食糧，撤退到後山。另外，派出全付武裝人員迅速防守隘口，不讓任何敵人進入部落！

「轟隆！！」

驀地，一聲驚天動地的爆炸響起，接著一團硝煙混雜飛沙走石的驚天威力，向四周漫延開來！於是，村口的瞭望台被轟掉，不見了！

幾個在附近耕作的族人，像被強風掃到一樣，一個個倒地，死了！

……？！

？！……

「剌辣辣格奴娃剌麻斯（族語：天雷）！」

……？……！！

族人相顧失色，個個嚇得目瞪口呆！！

「那是大砲，知道嗎？嚇人的東西而已，不怕！」

看到族人害怕的樣子，谷灣大聲疾呼：那不是天雷，是日本人的砲彈而已，不怕不怕！！

谷灣心裡其實也很害怕的，不過，身為一個領袖，他不能讓族人看到他害怕而失去信心！谷灣是族人的麥塞塞基浪，他在族人的面前是一個半人半神的酋長，他有責任帶領族人到一個安全的地方，一個不受外敵侵犯的地方。

以前，谷灣也曾聽陳老闆說過，日本人有一種很神奇的武器叫大砲的：這個東西可以從很遠很遠的地方發射砲彈，準確地轟到他們的目標物！

「轟隆！──」

當人們失神地睜不開眼的時候，第二顆砲彈又在附近不遠的地方炸開了！

整間茅屋被轟掉，有許多人被炸死或受傷了。

日本人的這種攻擊是排灣族人從來沒經歷過的！族人傳統的觀念中，他們只知道打仗是雙方人員拿刀子互砍或躲在角落用箭射死對方。就是誰的力氣大，誰就打贏這個仗。但是，日本人這算什麼？他們躲得遠遠地，只聽到轟隆一聲！結果，房子被燒了，人也死掉了，受傷了……不，這是不公平的，要打仗就應該是兩個人面對面互砍才對！

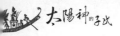

　　谷灣看出了族人畏懼大砲的心，乃耐心地告訴他們：「大家別害怕，只要不讓日本人知道我們的位置，大砲就打不到我們了。」

　　「可是，麥塞塞基浪，那一聲轟隆的聲音，太嚇人了！是不是刺辣辣格（族語：打雷）在發怒？」

　　「啊，那是大砲炸開的聲音，它根本不是刺辣辣格，了解嗎？」

　　「麻紗洛！」

　　「咻！──轟！──」

　　剎那間，又一發砲彈落在附近，強力的旋風挾帶著飛沙走石打過來。又有多人倒下，死了。谷灣卻依然屹立不搖，站在原地指揮族人應戰！

　　「麥塞塞基浪，我們怎麼辦？」

　　「是啊，我們不能在這裡等死呀！」

　　「我們為什麼不去跟日本人砍殺呢？」

　　……

　　……

　　族人議論紛紛，一種同仇敵愾的心情已經形成，族人求戰的心情已經非常明顯！

　　「不！！」

　　谷灣不受族人敢戰求戰的心情所影響，非常冷靜地告訴族人：「現在不是拚命的時候！」

　　「麥塞塞基浪，……」

　　「拿起你的武器，食糧，全部移到後山去！」

　　族人心裡雖然不服，卻不敢違拗酋長的命令，畢竟，他是全體族人的半個神，他所說的話就是神的旨意！

老弱婦孺早就事先撤退到後山，不過，谷灣覺得這個地方仍不夠安全，乃下令他們往更深山的地方撤退！滿山遍野的原始森林，地面上又是崎嶇的山勢，根本就不適合人類生存！

嘉莎動員部落的年輕婦女們，辛勤地揮動番刀，才砍出了一條通往山區的便道，好讓行動不便的老弱婦孺有一條暢通無阻的山道好走！

谷灣則率領部落的武士們，防守部落後的山麓上！

他下令所有的戰士要緊守隘口，嚴密監視敵人的一切作為，以判斷自己下一步要如何應對！谷灣的臉頰由於過度氣憤，變成了調色盤，不過，他那時紅時青及緊抿的雙唇，我們很難判斷他下一個步驟應該怎樣！他那炯炯有神的雙眼，有如正在燃燒的火焰，非常嚇人！！

2

多娃竹姑的村民撤退到後山以後，憤怒的日本人找不到族人屠殺，將砲彈聚雨般地轟掉了部落！

於是，燃燒的房子染紅了半邊天，竹子迸裂時發出的爆炸聲，彷彿是槍枝的射擊聲！這些爆裂聲被後山的族人聽到後，他們的心也在滴血！

當日本人的大砲首次在部落炸開的時候，那震耳欲聾的爆裂聲與強烈的迸裂，使原本完整的房屋或族人，竟在剎那間就不見了！這給單純的排灣族人帶來了無比的震撼及恐慌！

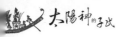

——剌辣辣格，麥塞塞基浪！

——剌辣辣格，勒默谷特（族語：恐怖的雷擊）！

族人被砲彈迸裂的聲響以及它炸開後所遺留的空前傷亡，嚇得個個喃喃自語！深恐一個不小心被砲彈打中了，變成一塊塊小肉屑，噴灑在樹上、岩石上、地上……。

多可怕呀！！

……！

還好，這時恐怖的幻想在日本人停止砲擊後的三、五分鐘內，族人又恢復了勇氣！重新面對戰爭的現實面，勇敢地鼓起餘勇，繼續跟日本人作戰！

其實，多娃竹姑的排灣族人沒有一個是懦夫，他們個個都是戰鬥英雄！多娃竹姑的每一個男人，都有出草殺人的輝煌記錄！憑他們的勇氣與經驗，今天這種小場面算得了什麼呢！

多娃竹姑的女人跟他們的男人一樣勇敢豪邁，他們始終抱持的觀念是，男人能，我們也能！

天色逐漸昏暗，槍聲也逐漸變得稀稀落落，不再像白天時那麼熱鬧囂張了。部落裡傳來了嘰嘰呱呱的談笑聲及機器的轉動聲。

「看樣子，日本人正在進入部落。」

樹頂上，擔任瞭望警戒的戰士，輕聲向地面上的戰士傳達日本人進入部落的信息！這是谷灣酋長了不起的作為。多娃竹姑人雖然技術性地離開了部落，但是，關心與守著部落的心意並沒有片刻的間斷！因此，當他們逃難部落的時候，谷灣酋長沿途設置了一個個瞭望站，嚴密地監視部落的動靜：一發現部落有了動

靜，就立刻一站一站準確地傳遞消息，好讓谷灣酋長即時做正確處置！

「傳話下去，要確實清點日本人進入部落的人數！」

谷灣酋長下達了第一道作戰命令，多娃竹姑人雖然後撤到深山，但他們每隔二十到三十公尺就設一個瞭望哨，一方面監視部落狀況，一方面傳達情報，完成了情報布建及監控敵情的雙重任務！

「進入部落的日本警察已經有二十七個還多一點。」情報不斷地傳上來。不過，敵人數目好像出了點問題，報上來的人數總是含含糊糊的！

「傳話下去，給我一個精準的人數！」谷灣酋長非常不滿意，下令要精準的敵人人數！

迅速地，這句話發生了效率，情報準確地再報了上來：「日本人有八個，加上平地僱用的十二名警丁，總共二十名。另外，他們配備的武裝有手槍、武士刀各八支，迫擊砲一座，每一個警丁配備一把步槍，完畢。」

谷灣初聽後，非常震驚！這麼強大的火力，我怎麼應付？但是，面對現實後，他又冷靜地思考了。

「這麼強大的裝備，我怎能正面應戰呢？」

不過，谷灣酋長想到了一套作戰方案後，他決定先勇闖敵營，以求證情報的真實性。

谷灣壓低了語音，囑咐了巴拉卡萊一些話後，悄悄地走到多娃竹姑山區，展開偵察敵情的工作！

憑他在山區活動數十年的工夫，谷灣輕易地回到了多娃竹姑附近的一處懸崖上，他選擇了一棵高大的樹木爬上去，清楚地清點在部落裡活動的日本人。然後，他大膽地臆測日本人的兵力與

武器後，跳下樹幹，像靈猿般地迅速回到後山，他的族人個個面露焦慮。

「你們不要擔心，」谷灣對族人宣布：「日本警察不過就是八個人，我們的麻卡竹逢絕對可以打敗日本人的！」

「麥塞塞基浪，真的嗎？」

「我什麼時候騙過你們？！」

「真的，麥塞塞基浪是不騙人的。」有人附會地說。

「馬沙洛哇門，麥塞塞基浪！」（族語：我們相信你，酋長。）

3

多娃竹姑最精銳的戰士挑選出來了，有十二名，再加上谷灣酋長的話，共十三名，正符合了排灣族人出擊人數應訂在奇數之習慣。說起來，這個慣例有些迷信，不過，這是排灣族人已行之數千年的事，早已成為理所當然的風俗習慣，由不得你信或不信了！

谷灣酋長是當然的突擊隊隊長，他們這支隊伍要繞到部落西面的懸崖，辛苦地攀爬那一面光滑的石壁後，再跳上陸地跟日本人作戰，絕對是一次不能出聲又不能輸的不可能的任務！

然而，谷灣已經決定的事，永不反悔！因此，當他的人馬在神不知鬼不覺的狀況下衝入敵營時，日本人萬萬沒想到，這些「番人」如何攻來的，他們又何其神勇的見人就砍，遇人就殺死呢！！

　　另外一方面，由葛其格其本率領的壯年戰士部隊，就在村莊後面的樹林中埋伏，隨時將逃出來的日本人予以砍殺，他們絕不放過任何一名日本人！

　　老弱婦孺則由嘉莎領導，向更深更遠的土娃巴勒部落投靠，以保存多娃竹姑部落的元氣！

　　谷灣酋長的突擊隊在下山前已完成攻擊部署，一切就等拂曉。當公雞第一次啼叫時發動攻擊！屆時，谷灣的人馬率先出擊，葛其格其本的這一支馬上應合，他們在攻擊時間上的配合，已達到非常完美的地步！

　　日本人的警覺非常高，這是無庸置疑的。不過，人就是人嘛，一到了下半夜瞌睡蟲來的時候，他們因長途步行而疲累的身體就不聽使喚了：一個個昏昏欲睡的醜態出現了！加上日本砲兵在白天猛烈的砲擊番人部落，番人不死也傷了，哪來精力打戰呢！日本警察這麼一分析，乃放心大膽的打個盹兒，沒關係啦！

　　月亮下山後不久，谷灣及他的戰士們，差不多已經攀到了懸崖的邊緣，酋長廣場已經在望了！

　　日本警目不時地向懸崖邊緣照射馬燈，卻絲毫影響不了戰士們的行動。他們像一群鬼魅似地，在酋長廣場的邊緣來回蹲跳，完全無視於日本人馬燈的照射！

　　廣場中央正生著一堆營火，那些日本人兩個人一組，背對背地坐在地上，抱著長槍在睡覺！有一些人則橫七豎八地躺在地上，三鋌機槍似乎上了子彈，放在旁邊：不過，那些槍手都把頸部伏在槍機上，也睡著了！

　　谷灣望著黑黝黝的天空，打量著距天亮應該不遠了。他就對身邊的人輕輕說了一些話，而這句耳語很快地傳遍了整個部隊了。

　　突然，有幾條人影迅速地從廣場西面的峭壁上竄出來！他們沒發出什麼聲音，像一條條毒蛇似的在地上安靜地向前蠕動！

　　沒多久，機靈的日本警察發現了他們，舉槍欲射擊時，「咻！」的一聲，鋒利的番刀（短刀）應聲射來，槍手只哼了一聲，他被番刀擊中胸部，倒下，死了！

　　日本人聽到重物倒下的聲音，一看！不得了，一把番刀插在那名同事的胸窩，正不停地淌血呢！

　　「番……！」

　　他才開口示警一秒鐘不到，又一支番刀飛來，結束了他的生命，也很快地倒地，死了！

　　多娃竹姑的突擊隊成功地從懸崖上來，也順利地打死了兩名發現他們行動的日本警察！

　　「碰！」日本警察開槍了！不過，盲目的射擊沒有用，並沒打中任何一名突擊人員。只是提醒他們，日本人已經知道他們攻擊的事，正在設法集結！

　　「格其巫──」（族語：殺啊！）

　　谷灣酋長判斷日本人已經警覺到他們的攻擊，他也不再暗中動作，大聲地告訴族人和戰友們說：

　　「殺呀──」

　　「格其巫──」

　　族人雪亮的戰刀，矯捷的人影，瘋狂的叫嘯，驚醒了所有的日本人！

　　有人才撐起身，就吃了一刀，死了。有人翻滾在地面上，還來不及拉槍機，身上就被番人插了一槍，痛得哇哇叫，然後，因失血過多，也魂歸日本了。

　　還有，日本人引以為傲的重機槍，只響了一陣子，就很快地

消音了⋯⋯。

戰鬥一開始，巴拉卡萊的支援隊也迅速地投入戰場上，打起來了！

於是，槍聲、喊殺聲以及傷者的呻吟聲，立即充斥廣場上！好像一陣不知名的風暴在峽窄的山谷中激盪！

熊熊的營火在刀光劍影中閃爍，鮮紅的人血在腥風血雨中迸濺！！

日本人來不及正確地用槍射擊，慌張地用刺刀對抗多娃竹姑鋒利的戰刀！他們企圖在混亂中集結；但是，沒有用！這些光腳赤膊的排灣族番人們，在白刃戰中，發揮了他們無比的神勇和精銳！

「馬鹿野郎的谷灣！！」

佐佐木正吉拚命地揮舞短劍，憤恨無名的叫嘯！

他的右腿被那個叫什麼「谷灣」的番人砍了三刀！他卻認不出那個番人頭目。不過，憑他的直覺，他確信砍了他三刀的番人，除了谷灣之外，找不到第二個有勇氣的人！不，番人！！

「哇達谷西哇，谷灣狄斯！」（日語：我就是谷灣！）

宏亮的叫聲響起，佐佐木正吉的面前正站著一個手握沾滿血跡的番刀，威風凜凜地注視他！

「殺！──」一聲廝殺的喊聲響起，佐佐木正吉瘸著腳，衝殺過來！

谷灣輕輕地閃過刀鋒，立即在對方的腿部捅了一刀！

佐佐木正吉向右一蹲，倒下去！

「馬鹿野郎！⋯⋯」

佐佐木正吉藉著東方魚肚白的微弱光線，恨恨地瞪視跟前的

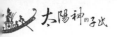

番人！他有一肚子不甘願，不情願死在番人面前！

「日本人，滾出去！」

谷灣恨恨地拿刀背打掉了佐佐木手裡的短劍！他再一刀，狠狠地砍死了這個日本警察的頭目！那個蠻橫又驕傲的佐佐木郡長，終於，瞪著不甘的雙眼，死了！

「殺！──」

正當雙方打得難分難解的時候，忽然傳來一聲女人的尖叫聲，原來是嘉莎來了！她率領部落裡的少女們，也手執番刀，勇敢地衝殺過來了！

「格其馬，阿利本！」（族語：殺了日本人啊！）

女人尖銳的殺聲立即鼓舞了族人的戰鬥意志，大家不再忌諱死亡和犧牲，各個奮勇地朝日本人集結的地方衝鋒！！於是，一場驚天動地的生死戰展開了⋯⋯

多娃竹姑的排灣族人，個個忘情地衝殺日本人！他們勇猛地見一個砍一個，見一對就殺一雙地往前衝鋒！一向兇惡的日本警察，一見原住民們作戰不怕死的樣子，也各個找地方躲起來了！

原來大日本帝國的警察是這樣的不堪一擊呀！

漸漸地，漸漸地，東方露出了魚肚白，廣場上的廝打也接近尾聲！槍聲停歇了，殺聲消沉了。只有一些受傷的族人或日本人沉重地在地上哀嚎，還不時傳出陣陣的呻吟。

谷灣下令清點人數，多娃竹姑部落的戰士，陣亡了二十七名，幾乎是全數的一半。日本人及台灣傭兵的死亡人數也很可觀！有三十一名戰死，最慘的是日本人八名全數死亡了。

谷灣跟嘉莎雖沒戰死，卻也都受了一點輕傷，還好不礙事！

谷灣發動部落民眾將本族人遺體全部埋在村落外的「巴部斯

卡曼」，好讓他們能在部落附近安息！

　　至於那八具日本人的屍體則搬到大竹高溪濱海的地方加以埋葬，當然，日本人留下的武器彈藥及所有裝備，都成了多娃竹姑部落的戰利品，使他們的戰力更加兇猛了！

　　鄰近部落和一些閩南人傭兵的屍體，則由巴拉庫灣的長老責付甫拉里森去通知他們的家屬領回去！

　　一場驚天動地的肉搏戰於焉結束了！多娃竹姑部落的族人領悟了「團結就是力量」的哲理。

　　日本人也終於明白，「番人」其實不是他們想像中那麼愚蠢，「番人」打起仗來，那種勇猛與凶悍，更是日本人始料未及的！

　　「我們低估了番人的潛力！」

　　「原來排灣族人也有偉大的首領，我們又低估了他！」

　　「理番政策要作重大改變！」

　　……！

　　大日本帝國派遣台灣的總督大人，現在才會意，他們根本就低估了台灣原住民的潛力，他們高壓式的理番政策，原就是一項重大的錯誤！

4

　　從大竹高溪往大武山方面追尋它的發源地，要經過崎嶇難行的溪間小路，越過多重大山後，大約兩天左右，就在大武山主峰下緣的地方，海拔兩千多公尺，人跡罕至的山谷裡，發現了它！

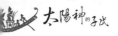

　　巨大的岩石下方，一股清澈的泉水自石縫裡不斷地湧現，形成一潭透明的水池。然後，穿過石洞再流入深谷裡，經地形的複雜改變後，才在狹窄的山谷裡翻滾、咆哮，向山下沖瀉而去！

　　盤石並不算頂高，只是路太難走。如果沿著溪流往上爬的話，遇到陡峭的岩壁，就得只能用雙手爬行。有的時候，竟連山壁也不可行的話，你得學學猿猴的方法，兩手交互攀住石縫中的野草或小樹，在石壁上盪來盪去！因此，谷灣酋長相中了這個地方的險峻，易守不易攻的特性，他才要族人遷居這裡，以避開日本警察的追殺！

　　谷灣不愧為大武山下二十八番社的大頭目，也不枉他曾經與兇猛的黑熊打鬥並打死了黑熊！他的睿智與神勇，也逃過了日本人無數次的逮捕與追殺！他的子民多娃竹姑人依然過著安逸的好日子！

　　曾經，日本人調派大批軍警及多門山砲來攻打，結果，多娃竹姑人從山上推下來的岩石及木材的殺傷力太厲害了，日本人不得不放棄！

　　後來，日本人才在拉里巴部落找到了一個適當地點，砌築一個派出所，日夜地派駐三名僱用的閩南人擔任警丁和警部捕，教他們嚴密地把守大竹高溪的出入口。日本人告訴他們，只要多娃竹姑的人民一出來，不論青壯老小一律槍斃！

　　多娃竹姑人也學會了放槍的技術，就常常翻山越嶺下山突擊，到處宰割日本人的首級以後，就在部落裡舉辦出草祭。他們一方面慶祝又殺了一個日本人，一方面慶祝部落裡多了一個殺敵的英雄！

　　他們偶爾會搶劫日本警察的槍枝與子彈，以補充日益短缺的武器彈藥；雖然，番刀還是他們作戰時的主要武器。

　　從大武公路沿海往大武山望過去時，可以看到終年籠罩在雲霧裡的丘卡父龍的主峰！而它的下面，也不難發現多娃竹姑的部落民眾們，正以裊裊的狼煙在交換情報呢！

第五章

Lezavowamen laadawu, mayasevagavamg!

光榮的太陽神呀,請賜給吾族榮耀!

Nolaligoinson, mayasovagavan!

如果你獲得榮耀的話,接受它,不要猶豫!

Maya lomalavegano, takakino lagano!

不可猶豫徬徨,要全力以赴地作戰!

Pakakaliyous, kanakaveliqanaga!

無論多少困難,一定要全力做好!

……

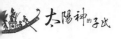
　　丘卡父龍亙古長青，蓋嶺巴納日日夜夜向東方沖擊流瀉！卻流不走族人對日本人的仇恨！

　　多娃竹姑人出草殺人的次數越來越少，不過，族人像猿猴般的矯健身手，依然在斷崖、原始森林以及危岩上活躍；他們更不計成功與失敗，只要發現落單的日本人，不分男女一律殺掉，再將他們的頭顱帶回部落向太陽神祭拜，要讓過去遭日本人殺害的族人或別個部落的人，感到暢快！

　　到了這個時候，日本人才了解一件事，他們不該歧視這些番人，更不該去戳破馬蜂巢，攻擊多娃竹姑部落是一件得不償失的決定！

　　多少年過去了，日本人的封鎖領域由嚴密變成鬆弛！多娃竹姑人也開始厭倦了那種疲於奔命的逃亡日子！他們開始企盼著安定及和平的安詳日子！

　　山水依舊，谷灣卻老了。

　　嘉淖已經長大，這個多娃竹姑部落的麥塞塞基浪，他承繼了谷灣首長的勇敢、機靈與強壯，也繼承了母親的仁慈與平易近人。因此，他深受族人的愛戴與擁護！他則三不五時地率領巴拉庫灣的甫拉里森到丘卡父龍狩獵，然後將野獸的皮毛曬乾，拿到大武街上賣給陳老闆；因此，嘉淖與陳老闆建立良好的買賣關係！不過，不幸的是，陳老闆在若干年前，由於染上了一種不治之症，已經往生了。現在由他的獨生子德春繼續經營，也一樣受到族人的照顧！

　　這個時候，處心積慮的日本軍閥們，為了實現他們「統一大東亞共榮圈」的計畫，在中國犯下了「九一八事件」、「一二八

事件」、「五三慘案」等等天理不容的侵略行為！中華民國政府在蔣中正委員長的英明領導下，一直保持忍讓的態度！直到日軍在北平附近的宛平縣演習時，藉故有日軍失蹤，懷疑是中國軍民所害，要強行搜查宛平縣城時，才在蘆溝橋爆發戰爭，成為中華民國與日本軍閥開戰的第一槍！

開戰初期，日本軍以強大的海軍大力配合訓練多年的精銳陸軍，勢如破竹地席捲了整個東亞以及南太平洋諸群島。成千上萬的各型戰機，更是日以繼夜地盤旋在遼闊的太平洋上空，大有不可一世的驕縱與狂傲！

然而，當中華民國的救星，民族巨人蔣中正委員長發出了「一寸山河一寸血，十萬青年十萬軍」的號召時，全國最優秀的青年學生乃紛紛請纓加入戰局，使我河山迅速光復，頑強的日本軍閥也迅速地敗亡！另一方面，他們占領的許多島嶼也在美軍更強大的火力支援下，一一地失陷，丟掉了！

這個時候，日本軍人死傷累累，戰場上能用的兵力迅速減少。可是，窮兵黷武的日本軍閥死不認輸，他們在缺乏兵力的窘迫下，乃大肆搜捕台灣青年充當砲灰！這些青年們被捕捉後，日本人只施予一到兩星期的新兵訓練，教這些兵「嚴守軍紀」、「不可逃亡」等簡單的概念，然後，再以一艘艘的運輸艦運往南洋戰場上，替日本軍閥打仗，賣命！

天可憐見，這些台灣籍的日本兵們，竟連一發子彈都來不及射擊，就莫名其妙地橫死異域！！

嘉淖就是在這種狀況下，被日本人捉去當日本兵的！

那天，他帶了一些獸皮到大武街上準備與閩南人交換日用品。當他正在跟閩南人進行交易時，被一班日本的巡邏兵捉住，

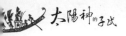
不分青紅皂白就往卡車上送，載到了「台灣兵訓練所」。

　　他們跟其他被捕的族人一樣，日本人只施予基本訓練及簡單的射擊方法後，就被送上開往戰場的運輸艦！

　　數天後，這批日本兵就迷迷糊糊地登陸菲律賓群島中的某一個小島，開始作戰！！

1

　　一九四五年三月，嘉淖的部隊又轉進到了菲律賓的一個小島上。

　　僅僅一年的時間，他的部隊就這樣地從菲律賓、馬來西亞、婆羅洲、印度尼西亞的一路前進，好不風光。萬萬沒想到一年後的今天，他們的部隊又轉進菲律賓這個小島上！

　　當初，日本人抓嘉淖去受訓的時候，日本人唸不準嘉淖這個族語的發音，乾脆就給他「賜名」為大山一郎的日本名字。日本人認為，給這個番人一個日本名字是他的造化！他前世修來的福！（日本人多信佛，他們也深信輪迴。）所以，當他被抓去當兵的時候，嘉淖就告訴日本人，他就是大山一郎！

　　嘉淖的部隊被米軍（日本人對美軍的稱呼）一陣猛烈的火砲攻擊後潰散下來的。

　　嘉淖疲憊地跟在西田下士官的後面走，他正一拐一拐地向山區逃竄！

　　這真是一次要命的「前進」（日本人不敢逃亡，那有失皇軍的威嚴，所以，他們稱逃亡為前進）！密林裡到處是沼澤，手臂粗的巨蟒不時在威脅他們的生命！許多日軍不是被「米軍」打死

的，就是死於意外！更要命的是，這無邊無際的密林，在那些濃蔭蔽天的原始林中，即使你帶著手錶也沒用，因為很難分辨現在的時間是中午十二點還是半夜零點鐘！他們只能從樹葉篩下的微弱亮光來分辨出是白天還是夜晚！偶爾一不注意，就會回到原來到過的地方！

「大山二等兵！」

「哈伊！」

「檢查子彈，還剩幾發？」

「哈伊！」

嘉淖熟練地解下背包，乘著樹葉間篩下的微弱光線，摸索著。

「還有兩發。」

「好！」西田也順勢蹲下並清點自己的裝備，可是……

「啊？！」

黑暗的密林中，嘉淖無法真切地看到西田下士官慌張表情！不過，剛才他那驚愕的口氣，嘉淖已經看出他的心虛與緊張的表情了。

「怎麼樣？西田。」嘉淖有意試探同伴的反應，在稱呼他的時候，故意把下士官漏掉不講。這在當時日本軍人嚴格的要求下是絕對不可以，絕對受處罰的！

「沒事。」西田像突然換了一個人似的，說話的語氣溫和多了。

「沒事？恐怕是沒子彈了吧？！」嘉淖毫不放鬆，潛在的排灣族人的民族意識抬頭了！

「沒……沒關係……有你兩發就夠了。」

「可惜，這兩發子彈是我的！」嘉淖吊他。

「拿來！」軟的不行，來硬的。日本人天生的侵略性格開始發作了！

「不！這兩發子彈我還拿得動！不勞駕你了，下士官！」

「畜牲！你造反了？！」西田的尊嚴掃地，他還在逞強。

「你不要逼我！」嘉淖冷冷地回他一句。

　　嘉淖算是日本皇軍侵略南洋群島的老兵了。在他跟著部隊進出各型島嶼的一年當中，他學會了「步槍很重要，但子彈更重要」的哲理。換一句話來說，他之所以百戰不死，除了要感謝「啊達喔剌麻斯」照顧之外，也要感謝自己善加保護的子彈了。他一直謹慎地控制子彈數量，從不對沒把握的目標射擊！

「這樣好不好？」西田見風轉舵，狡滑地轉換語氣地說：「有必要的時候，拿給我保管。」

「西田！」嘉淖的稱呼巧妙地又省去了一個君字。

「什麼事？！」既期待又盼望的回應。

「我們要逃亡到什麼時候？」

「你怎麼可以說，我們不是逃亡！」西田當然不悅：「這不叫逃亡，我們在打『迂迴戰』，懂嗎？」

「噢，」嘉淖不屑地看他，又說：「迂迴戰是這樣打的嗎？」

「不懂就該早問！好了，走！」

「哈伊！」

　　於是，兩個人又在密林裡走了兩天。他們攜帶的乾糧早已吃完，祇好在密林裡摘一些野果來吃。好在菲律賓群島一年到頭都是夏天，密林裡有許多不知名的東西可以食用。只要不誤食有

毒的果實，能保持生命的東西所在多有，更何況嘉淖從小就在山區活動、狩獵，不能吃、不好吃及能吃、很好吃的東西他非常清楚！因此，他很快地適應了菲律賓群島的生存方式！

　　第三天傍晚，他們到達一處高地，休息一下，精神恢復不少。這個高地位置很好，看得見天空，也看得到山腳下的梯田和稀稀落落的原住民聚落！可惜，已時近六點，太陽下山了。不過，當他們坐在大石頭上時，陣陣涼風吹來，仍可讓濕冷的衣服吹乾的！

　　「大山二等兵。」
　　「哈伊！」
　　「你的遺書寫好沒有？」
　　「我不會寫字，下士官！」嘉淖如此回答，其實他懂片假名的字，他在多娃竹姑的時候，曾經在「大竹番童教育所」學過簡單的力夕力ナ，可以用來寫母語的信件。
　　「你說謊！」西田不信，生氣地吼叫。
　　「我不敢說謊，」嘉淖輕蔑地說，「西田，寫它幹嘛？」
　　「準備自裁！難道你要投降！」
　　「不！米國人（日本語：美國人）會俘虜我，也會打死我！」
　　日本軍人的政治教育發生了效果，所有的日本皇帝君都被教育過，是光榮的日本軍就不投降，因為敵人（包括中國軍在內）一定會處死他們！而且，日本長官也三不五時地告訴嘉淖這一批被抓去充軍的原住民青年：
　　「米軍對待投降的日本軍人非常殘忍，米軍會將俘虜拿去作

醫藥實驗對象！在被實驗當中，還會遭少數米軍的凌虐侮辱，非常不人道的待遇！」

因此，日本軍人打戰時的英勇不是沒有原因的。

「大山二等兵，快來！！」

西田下士官從他上衣的口袋裡，抽出一張皺皺的舊紙張，連同自來水筆交給了嘉淖。他就著微弱的光線，在蟲鳴唧唧聲中，寫下他給父母的遺書。嘉淖用排灣族語以日文這樣寫著：

「我被迫從軍後，已經到過馬來西亞、印度尼西亞及菲律賓等群島。打美軍開始的時候，每一場戰役都是日本軍在高喊『萬歲！』，不過，一年多以後的現在，我們處處遭人伏擊，死傷了很多人……

如今，我跟西田下士官逃亡到了這個叫不出名字的小島上，每天以吃野果為生，很恨抓我來當軍人的日本人！如果，這個日本人強迫我切腹的話，對不起，我會殺了這可惡的下士官，然後，回家！陸軍二等兵：嘉淖。」

寫上日期後，他將筆和紙交給了西田下士官。

「啊！」西田一拿到嘉淖的遺書後，兩眼瞄了一下，大叫：「你寫的什麼字啊？」

「這個遺書是寫給父母的，當然用排灣話。」

「可是，我看不懂！」西田逞強，很生氣地大叫！

「又不是寫給你看的，看不懂有什麼關係！」

「馬鹿野郎！」西田大罵，把嘉淖的「遺書」撕掉！！

「你抗命！！」西田又大叫！！

「抗命怎樣！」嘉淖輕視地回他，意思是，我就是抗命，你能奈我何？！然後，他槍機一拉一推，子彈上膛了！

「大山，大山，你不要生氣，好嗎？」西田在槍口下，完全

失去了皇軍的尊嚴，低聲下氣地哀求嘉淖不要開槍的意思非常明顯！

「把它撿起來，交給我！」西田下士官乖乖地俯身撿起被他撕掉的紙屑，再小心地裝在信封裡，交給嘉淖！

「你先走！」嘉淖命令西田前進！

西田默不作聲，乖乖地走在嘉淖的前面。局勢的逆轉還真是令人難以意料。就在一個時辰以前，日本士官那種傲慢跋扈的樣子真的咄咄逼人！可是，嘉淖卻在一來一往之間，把這個惡狠的日本人制得乖乖的，真不簡單！現在，日本士官變成了一隻被人牽著鼻子走的小狗而已！！

樹蔭非常濃密，沼澤像被人無心潑灑的水漬一樣：大大小小左右縱橫的遍地皆是！在這些沼澤區內，有許多野生動物是嘉淖從未見過的，比如鱷魚、大蟒蛇以及其他奇奇怪怪的東西！稍一不慎，就很容易遭到攻擊！

「危險！！」

一條油亮、手臂粗細的巨蟒纏繞大樹上，開叉的尖舌正在探索獵物！

「啊！」

西田受到嘉淖的警告後，他才發現那一條盤纏樹上的巨蟒！他機警地閃到一旁，很自然地舉槍，瞄準——

「砰！」

槍聲響起，西田愣住了！他的步槍只＂卡＂了一聲，沒有子彈發射，哪來的槍聲？！

「嘶——！！」

受了傷的巨蟒發出恐怖的嘶嘶聲！兇猛地從樹幹上滑下，對著較近的西田小腿肚就是一口！接著，已淌血的蛇身把西田牢牢

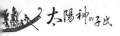

地纏住，正要使勁地絞動……

「砰！」

嘉淖再開一槍，他奇蹟似地擊中了蛇頭！只見大蟒蛇痛苦地扭動蛇身，把西田捆捲得兩顆眼球爆突，呼吸困難，滿臉潮紅！

「西——田——」嘉淖緊張地叫他！

「……！」西田還來不及出聲，巨蟒就死了！

「大山君，」西田驚魂甫定，感性地說：「謝謝你，拉我一把吧！」

嘉淖木訥地走過去，扶他站起來。西田瘸著腳，很困難地站起來！

「大山君，謝謝你。」

「我不能見死不救啊！」

「你好像用掉了我們所有的子彈？」

「不錯，那是為了救你。」嘉淖理直氣壯地回答。

「嗨！真是！……」剛剛才死裡逃生的西田，又想到了自裁的事，心裡開始煩惱，沒有子彈，怎麼死呢？！

「喂！」嘉淖看在眼裡，猜想又是自殺的事在煩他吧！「日本人不是講究切腹嗎？沒有了子彈的話，切腹不是更省事嗎？」

「嗨！話不是這麼說的呀，大山！」西田委屈地說：「所有的男人就該切腹！可是，萬一……」

「我知道，萬一切腹不成，還有步槍幫忙，對不對？」嘉淖絲毫不放鬆，罵他：「懦夫！」

「哎，哎，哎，哎！你……」西田狠狠地瞪他一眼，真想不到，這個番人真會罵人！

「走！不要賴在這裡！」嘉淖吼叫，下令日本人走！

西田沒辦法，乖乖地聽他指揮。然後，一拐一拐地朝密林中

走去！

Hey,did you hear any voice?

（嘿！你有聽到一些聲音嗎？）

Yes, I did.

（是啊，我聽到啦。）

Just over there, I'm sure!

（我肯定，就在這附近而已！）

O.K. Let's go!

（好的，走吧！）

　　有一隊執行巡邏任務的美軍聽到了嘉淖的槍聲，兩名美軍就順著槍響聲追蹤過來了。他們懷疑這附近一定有日本兵在搗亂！

　　「那邊！」嘉淖指著前面的大榕樹，濃密的枝葉很可讓他們藏於無形，更妙的是，大榕樹的樹幹大多低矮交叉而平滑，非常好爬！

　　「米軍聽到了剛才的槍聲，一定會聞聲而來！」

　　嘉淖獵人的性格與經驗，對判斷事情非常精準。

　　「你說得不錯，我們去吧！」

　　兩個人順著斜坡向下一滑，很快地到達那一棵榕樹下。樹幹很粗，不過，支幹分岔在一公尺高的地方，他們稍一使勁就都爬了上去。然後，安靜地藏身在濃密的樹葉中，暫時躲過了美軍的追緝。

　　「大山二等兵！」才剛剛爬上樹，西田士官長就喊他了。

　　「什麼事？」嘉淖省去了「嗨」就直接問他。

　　「子彈沒了，我們殺不了米軍。」

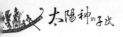

「那又怎麼樣？」嘉淖不屑地反問西田士官。

「萬一被俘虜的話，我們會死得很慘！」西田士官開始運用心理戰術，無非要嘉淖與其共同自殺，以保有「皇軍」寧死不屈的氣節。

「那又怎麼樣？」

「我們要以『刺刀』光榮自裁！」

「請問下士官，誰先誰後呢？」嘉淖考他：「刺刀只有一把！」

「按階級高低，你先來。」西田自動地把刺刀交給他，意思是要嘉淖先自裁。

「……！……！」

嘉淖這一回猶豫了！

有一種特殊的感覺湧上心頭！像幻燈片不斷在腦幕上交替映現！父親的臉孔，母親正在巴力西的模樣以及谷娃娜哀怨的表情……！他彷彿依稀記得他們臨別對他的叮嚀……

答應我，不要死！

傻瓜，我會活著回來的！

萬一你真的死了呢？我怎麼辦？

放心，我會有一百個，一千個，一萬個生命在延續，我死不了的！

一定要回來！

一定的。

回來，回來，回來！！

「谷──娃──娜──！！」嘉淖忘情地大喊！

「啪！！」

一聲清脆的掌摑打在臉上，嘉淖立即感到左臉頰熱熱的刺痛，他還來不及反應，怔怔地站在原地發呆！……

「大山二等兵！」

西田拿著從嘉淖手上搶奪的刺刀，兇惡地說：「你對『國家』不忠，知罪嗎？」

「我正在替『國家』作戰，哪裡來的不忠呀？！」

「叛徒！！」

西田士官舉起刺刀就刺，嘉淖機警地閃過，順手抓起刀柄就搶！兩名日本兵就在枝椏上糾纏起來……。不知怎的，西田有機會踢中了嘉淖的腹部，嘉淖強忍疼痛，對著西田大叫：

「好了，日本狗東西，你會反悔的！」

嘉淖又繼續投入爭戰搏鬥中了，死命的抓住對方的衣領不放！西田也不是三流貨，他在爭戰中又割破了嘉淖的左手臂，不過刺得不深，血流得也不很多。這個時候，嘉淖對流血的手臂並不在意，他更奮力地搶回了刺刀，威風凜凜地站在枝椏的另一端，對著仍舊爬在樹幹上的西田士官冷笑！

「大……大山，你……不……不要殺我！」西田突然跪下求饒！

嘉淖不理他，抓住西田的右手一反身，扣住了。這是他在訓練中心學到的技術，是用來對付美軍的。如今，生死關頭到了，他顧不得對手是美軍還是自己人（日本兵），他要生存，所以他必須這麼做！

「大……山，不……不要！」西田知道自己處在下風，又苦苦地哀求嘉淖不要殺他！

嘉淖把滿心的仇恨集中在刀鋒上，狠狠地刺向西田的胸口！

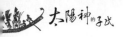

鮮血像噴泉般地湧出，沾滿嘉淖的臉頰和衣領，西田自己反而被濺得不多！

「你……」

西田像一隻乞憐的小黃狗，伸直四肢，睜開極不甘願的雙眼，靜靜地趴在枝椏上，死了。

「達達達———」

這個時候，一排衝鋒槍向樹下射擊，接著，嘉淖失血過多，迷迷糊糊地聽到了美國軍人的心戰喊話：

「日本兵，我知道你們已經沒有退路了，投降吧！」

「日本兵，我們已經佔領了菲律賓群島，投降吧！」

「日本兵……」

嘉淖在毫無選擇的狀況下，他站起來，放下武器，高舉雙手，慢慢從樹上爬下來。但是，當他才站立地面時，頭一昏，他慢慢地倒下來，暈過去了。

隨行的美軍醫護士趨前試一試他的鼻子，還在呼吸，用手拍拍他的臉頰，沒反應，他確定嘉淖昏迷後，迅速地招來醫護兵，帶擔架把嘉淖送到野戰醫院急救！……

「啊！——」

嘉淖悠悠地甦醒過來時，他發現自己正躺在一片白色的天地裡。一個膚色黝黑的女孩子綻開美麗的笑容看著他！

「我……沒死？！」

「你醒了？」女孩操著彆腳的日語答非所問地回答。

「這是什麼地方？」

「野戰醫院。」

「我真的沒死？」他又問。

「你流血過多，昏迷了三天，沒死！」

「噢，」嘉淖再問他：「這裡是第幾號野戰醫院？」

「你的問題真多。」護士小姐耐心地告訴他：「這裡是米軍的野戰醫院，你是我們的俘虜，懂嗎？」

「哎呀，我被俘了！！」

嘉淖立刻掉進了一種極度不安而複雜的心境裡。完了，打仗時沒戰死，也沒有被西田刺死，卻要不光榮地死在美國人的酷刑裡！

嘉淖胡思亂想地恐嚇自己要完蛋了，他似乎見到了祖父的魂魄來接他回去，「你是被我們俘虜了，不過，不要害怕，我們政府會依照日內瓦公約的規定，公平的對待你及所有的俘虜。」

「日內瓦公約是什麼東西？」嘉淖聽不懂這句話的意思，如此反問護士小姐。

「你不要想那麼多，休息吧！」

護士小姐量一量他的體溫，在一塊方型的板子上記錄後，緩緩地走了。

嘉淖望著護士走遠了，他想到了一些有關那位護士的問題，比如說，她那黝黑的膚色跟自己很相似，這種人應該不懂得日本話，而她卻說得滿不錯的。再環顧四周，牆上儘是一些密密麻麻的奇怪文字，跟他在學校學過的完全不同。他綜合研判這許多疑點後，他確定他是在米軍醫院接受治療中。

嘉淖只撐了一下子，因為支撐不住藥物的作用，他又昏昏沉沉地睡著了！

「你醒了嗎？拉谷阿力！」

當嘉淖緩緩地睜開眼睛，他忽然聽到了這一句熟悉的排灣族

家鄉話！

「是哪一位在跟我說話？」嘉淖看了四周，他驚喜的發現左邊的鄰床，正是那說話的族人！

「啊！你是多納呀！」

「恭喜你，嘉淖！」

「麻紗洛，你怎麼也來了？」

「哎呀，說來話長！」多納調整一下坐姿，向他解釋：「我是今年一九四六年三月初，在奎宗島戰後被俘虜。你看看，就為了等待拆除石膏，我在這裡整整等了三個月呢！」

「你怎麼被俘擄的呢？」

「我的部隊在一次慘烈的肉搏戰後，潰散了！也因此才被米軍所俘虜。」

「你怎麼被俘的，說說看！」嘉淖對同鄉的遭遇感到興趣，追問他。

「是這樣的。」多納詳細地說：「我的部隊被米軍打敗後，我因為不願被俘，就乘機跳進水溝躲藏，哪裡知道，當我跳進水溝時，我的腿脛骨跌斷了。當時，我忍耐不住的大聲叫疼，米軍就把我抓起來，並送到野戰醫院治療！」

多納輕鬆地敘述他的被俘虜故事，絲毫沒有一種親身經歷的樣子，也就是說，多納好像在敘述別人的經歷一樣的輕鬆，這讓旁觀的嘉淖覺得好奇！

「你的故事好精采呀！」

「可以說，我是因禍得福。」「怎麼說呢？」

「在這個地方住得好，吃得好，醫生也很棒，傻瓜才不願意被俘呢！」

「聽你說來，護士小姐沒有騙我？！」

「他告訴你的，全部是事實。」多納證實護士的話沒錯，他說：「這裡的護理人員，有許多的菲律賓人。他們在日軍佔領期間，被強迫學講日本話，這情形跟日本人在台灣強迫我們學日本話是一樣。沒想到，日本軍戰敗後，那些菲律賓人就能使用簡單的日本話跟我們日本兵溝通了。」

「那傷兵治癒後，米軍怎麼處理呢？」

「當然是接送到俘虜營啦！」

「這樣的話，我寧願賴在這裡，這裡多好啊！」

「這就由不得你了。傷兵的身體沒有病痛的話，就沒有理由繼續待在病院裡呀！」

「我真的不想打戰了，我討厭打戰！！」嘉淖說出心裡藏了很久的真心話。

「有哪一個台灣兵真的在替日本人打戰呢？」

「當然沒有人願意！」

「這就是啦！」多納告訴他：「嘉淖，我的阿力原，早點休息吧！」

「嘉淖，啊，嘉淖，這才是我的名字呀，是祖先們使用過的名字！」嘉淖感傷地自言自語，他感謝祖先們賜過的好名字——嘉淖！！

這裡沒有兇惡的日本士官，沒有使人感到屈辱的民族歧視，更沒有謾罵和毆打，在溫馨的空氣中，流動著使人舒坦的感覺！

2

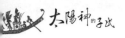

一九四五年九月，美國空軍在日本的長崎與廣島兩個都會區，投下了威力驚人的原子彈！窮兵黷武的日本軍閥們感到日落西山，大勢已去：不得不無條件投降。於是，慘烈的第二次世界大戰結束了！

日本投降後不久，嘉淖高興地擠在遣返日俘的美國運輸艦上，抵達了高雄港。然後，他心情複雜地回到了睽違三年多的多娃竹姑部落。

戰爭期間的故鄉，由於地處偏僻，沒有受到美軍的轟炸。當然，族人也感受不到戰爭的苦難與生命的威脅。因此，當嘉淖回到了部落以後，非常驚奇於故鄉雖然落後，卻沒有像菲律賓那樣遭到美軍轟炸、掃射；多娃竹姑一樣地明媚！

他日夜思念的情人谷娃娜還在痴痴地等他！這使嘉淖感動不已！他真想緊緊地抱住她，告訴她，他有多想念，他是多麼的愛她！但是，他礙於排灣族人嚴厲的族規——未婚男女絕不可有肌膚之親。因此，即使久別重逢及滿懷思念，也只能淡淡地對她說：

「好久不見了，妳好嗎？」

谷娃娜是典型的排灣族少女，她壓抑著對情人的思念，也矜持地輕輕回答：

「我很好，歡迎你平安歸來！」

雖然只是淡淡的一句問候，他們的心已經在更深一層的交流過了。

這正是俗話說得好，心有靈犀一點通吧！

這一對多難的情侶，他們在經歷過大難不死的神奇際遇後，終於在啊達喔剌麻斯的見證下，歡歡喜喜地結婚了。

多娃竹姑部落也被中華民國政府劃歸為台東縣大武鄉區內，

重新被命名為大竹村，嘉淖成為第一任村長。

　　嘉淖受過日本人的軍事訓練，當大竹派出所的林主管挑選「大竹義勇警察隊隊長」時，他第一個想到的就是他——嘉淖。嘉淖很感激林主管對他的器重，因此，碰到義勇演練或服勤時，他從不缺席，對於上級交辦的公事，他會逐一做好，而且要做得更好！因此，他深得林主管的信任。

　　光復時的台灣，受到太平洋戰爭的影響，民生凋敝，物資極度匱乏，人人生活在貧困中！嘉淖看在眼裡也莫可奈何，因為自己也快淪為一級貧戶了！

　　毒烈的陽光高掛天上，地瓜園承受不起陽光的照射，地瓜葉一區一區地由枯萎到變黃；農民們無奈地收穫，看著那一條條來不及成熟的地瓜嘆息！

　　陸稻跟小米的命運也好不到哪裡去，那些種在陸地上的穀物——陸稻，還來不及成熟就被成群的麻雀啃食殆盡！族人們也曾經一早就到園地趕鳥，無奈那些鳥兒們比人們更勤奮！天沒亮，牠們就已經「吱吱喳喳」地猛力啄食農作物，讓族人看了心疼不已！

　　處在如此艱苦的環境裡，嘉淖實在不忍心讓新婚的妻子操勞，他在經過深思熟慮後，決定到大竹高溪捕捉魚蝦來充飢，更有的時候，他帶著獵犬到附近的山裡打獵，山羌、山豬等山產還真的捉不完，山裡多的是！

　　這一天，嘉淖又帶著他心愛的獵犬「處邁」，小心翼翼地上山了。

　　處邁是一隻黑毛的台灣土狗，個頭不小，差不多有一隻中型山豬的樣子。不過，牠既機靈又懂得人話，所以成為嘉淖狩獵時

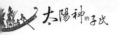

最好的夥伴，也是嘉淖從南洋群島作戰回鄉後最好的戰友！

Chu mai, ahli, kivavoe chen!

（族語：處邁走，我們去獵山豬！）

　　嘉淖的一聲命令，處邁高大的身影立即來到！牠張開嘴，輕輕地喘氣，很認真地盯著主人的眼睛看！口水像一條小水串，配合牠喘氣的速度，有節奏地流下來，滴在地面！

　　嘉淖左手握著一隻山豬骨，右手拿著祭刀，嘴裡喃喃呢呢地唸經文，使用右手輕輕地在獸骨上取樣，然後配合咒文把獸骨粉撒向左右，嘴裡也念念有詞：

　　Wuei vaikagamen ak simagado。.

　　我們將出發到山上。

　　Pakichanan eyaman towa xagawakon！.

　　請神明照顧我們有一個好收穫！

　　Wulamana kenechauagu ne sa ada adawl！.

　　請讓太陽神駐驛在我們的部落，照顧吾民！

　　……！！！

　　於是，一隻忠狗在主人的帶領下，勇敢地邁向獵場了。

　　多娃竹姑部落除了神祕的「幾古拉谷勒」外，其實還有另外一個獵場，就叫「丘娃炸卓」，原意為穀倉。因為丘娃炸卓位在大竹高溪南岸，又有兩三條支流經過斯地，加上遼闊的平原上聚集了各類野獸和禽類在那裡生活，因此，成為附近排灣族人狩獵的地方！

「汪，汪汪！」

甫抵斯地，處邁就對著前面爛泥巴狂吠！嘉淖機警地往前一看，喝不得了，有五六隻大小山豬在爛泥巴裡嬉戲！絲毫不在意處邁的狂吠，正高興地互相追逐呢！

「處邁，卡住！」嘉淖下達攻擊令，咬牠！

處邁毫不遲疑地縱身一跳，就咬住了一隻山豬的脖子不放！滿身泥巴的山豬也不是弱者，回身就是一口。但是，處邁何其機靈，牠一鬆口，又立即咬住了山豬的左耳根，痛得山豬「嗚伊，嗚伊」的叫，好不悽慘！

處邁一見山豬已失去反抗能力，再一鬆口，迅速地扣住了山豬的氣管！這一招很厲害，山豬不吭聲，也不能出聲地前腿一軟，跪下去了。

處邁再用力一撕，山豬的氣管斷成兩段，死了。

山豬一斷氣，嘉淖迅速地取出祭祀用的「卡羅卡龍」（族語：祭祀用具），虔誠地祭拜山神，祈求山神保佑他們平安回家！

「嗚──，嗚──，嗚──」

甫抵村口，嘉淖依照慣例，他連呼三聲長音，告訴族人：「我抓到大山豬了！」

部落青年戰士們不待長老的命令，就爭先恐後地狂奔，希望是第一個到達村口協助扛回獵物，也好分到更大的獸肉。

非常迅速地，嘉淖獵捕的山豬已經安安穩穩地架在酋長宅第外的那座族人所稱的「巴拉巴拉勒」的祭台上！

巫師們為迎接今年的「格馬洛捕」，早就個個躍躍欲試了。如今，小酋長適時獵獲了一隻山豬，正好可以用來祭祀獵神，這

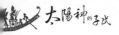

豈不是「刺麻斯奴娃格馬洛捕」安排的嗎？！

　　葛其格其本召集了部落所有的甫力高到巴拉庫灣集合，開始誦唸狩獵祭的經文。茲就所知，試譯如下：

Kivocho vocho nagamen, to kimalalapalidio!
祈求祢的恩賜，讓我們狩獵成功！

Owepaki loro kichen, tonacalaga pacogolo!
我們將勇往直前，去狩獵我所要的。

Kilovolovo emaza asinolaligoin!
勇猛的獵物啊，請留在這裡浸泡吧！

Lezavowamen laadawu, mayasevagavamg!
光榮的太陽神呀，請賜給吾族榮耀！

Nolaligoinson, mayasovagavan!
如果你獲得榮耀的話，接受它，不要猶豫！

Maya lomalavegano, takakino lagano!
不可猶豫徬徨，要全力以赴地作戰！

Pakakaliyous, kanakaveliqanaga!
無論多少困難，一定要全力做好！

……

……

　　甫力高們很認真地誦念經文：參加狩獵的勇士嘉淖，在眾多勇士的簇擁下，非常熟練地應答經文，使整個祭壇充滿了歡愉的氣氛！

　　狩獵祭的收場是大家一起高唱祭歌，圍成一個大圈圈，手拉手，步伐一致地跳著傳統祭舞！

　　曲終人散時，嘉淖拖著疲憊的身體，慢慢地走回家去！他心裡有一股暖意，他新婚的妻子正在等他！

3

　　時間在人們不經意當中，無聲無息地打指縫中，從香煙裊娜中，也從歡笑的眉宇間消失了！

　　嘉洛麥亞那一大片楓樹林，綠葉已經慢慢地變紅了，遠遠望去，有如火燒山的樣子，既美麗又壯觀，好不迷人！

　　同時，當冷風吹進了人們的衣領裡的時候，他們才警覺到「卡拉烏拉曼」（族語：冬季）又到了。於是，人們忙碌地收藏夏秋時期所收成的食物，包括小米、地瓜、芋頭以及耐藏的不知名糧食，準備度過這漫長的冬季！

　　「谷娃娜，怎麼好久不見法賽？」

　　嘉淖坐在火堆旁烤火，對著身邊正在繡花的妻子問話。法賽是部落裡的獵人，他的右腳在一次追躡獵物時受傷了，走路一跛一跛的，才逃過了日本人的徵兵，留在部落裡工作。

　　「他死了。」

　　「啊！法賽死了，怎麼會？」

　　「愛情害死他的。」

　　「怎麼說呢？」

　　「你有耐心聽完他的故事嗎？」

　　「反正大冷天的，妳說說看，可以打發這漫漫長夜！」嘉淖

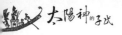

表示興趣十足。

「事情是這樣的，……」

谷娃娜娓娓地道出了那件感人的愛情故事。

法賽腰繫著短刀，手執長矛，迅速地穿梭密林中，尋覓獵物！

濃蔭蔽天的密林裡，雙腳踩在軟綿綿的枯葉上，不時聽到小鳥被驚飛的吱叫聲，法賽覺得從未有過的舒暢！而他壯碩的體格，輕快地穿越交織著像探照燈照射的陽光中，機靈地出沒在樹幹間：他知道，像這樣的密林，正是鹿群出來覓食活動的地方。

果然，前方不遠的草堆裡，他發現了一對聳起的鹿角，在草堆上晃來晃去！

「啊，務卡萊（族語：雄性），甫萊！」

他的獵人性格促使他馬上舉起長槍，瞄準！……

「救命啊！」他聽到了女人一聲絕望的尖叫！那隻雄鹿乘他猶豫數秒鐘的時刻，一溜煙，跑掉了！

「奇怪？！」

他失望地望著沒有鹿角晃動的草堆觀看，心裡則懊悔地責怪那女人慘叫的還真不是時候。一隻肯定到手的獵物溜掉了。

「好可惜喲！」法賽心疼地叫道。

「救命啊！——」

這一回，他聽出來了。他順著聲音傳來的方向急奔而去！不久後，他發現了求救者的身影！

他看到一個人影在黑熊的前面拚命奔跑，就要被黑熊追上了！

「呀！——」

幾乎是本能地，法賽對著那頭畜牲吆喝！黑熊也似乎聽到了

他的吼叫聲，停下來，注視他！

法賽見機不可失的一揚手，準確地在黑熊胸前白色V字型胸窩上插進了長矛！

黑熊痛苦地打滾，長矛也折斷了。牠忽地站起來，就朝法賽直撲過來！

這個時候，那名被黑熊追殺的女孩看到他了，那張漂亮的臉蛋毫無血色，她露出驚懼的眼神發怔！……

「危險！！」

不知怎地，她突然振奮地大叫！

法賽勇敢地拔出腰刀，迎向黑熊！

於是，一場驚天動地的人熊大戰就再次展開了。黑熊痛苦地揮動熊掌，企圖將法賽置於死地！法賽卻冷靜地閃避了黑熊的攻擊！

此時，法賽乘黑熊轉身時，在牠背後狠狠地捅了一刀，鮮血像噴泉般湧出，迅速地染紅了樹幹！

少女躲在大樹後面，緊張地看著這一場人獸大戰！

她忘了時間，忘了自己，忘了一切！腦海裡盡是一片空白！……

「危險！！」

她發現黑熊兇狠地反擊，把那個男人打倒在地，兇猛地直撲過來！

「啊！」

她害怕地用雙手護住雙眼，不忍再看下去！

但是，奇蹟出現了。

當她緩緩地移開雙手，準備逃命時，她看到了黑熊像被什麼

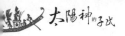

東西彈起一樣，從那個男人的身上翻倒！接著，少女又看到那個男人反身騎在熊腹上，兩手用剛剛抽出的長矛，對準黑熊的胸口一插，大黑熊抖了一抖，死了。

那個男人踉蹌地站起來，靠在樹幹上喘氣，然後，疲倦地坐下，半天說不出話來！

「你……不是神吧？」

少女既感激又佩服地跪在地上，顫聲地說。她真不相信，這個世界上會有那個勇敢的男人，竟然可以迎戰大黑熊而且還打死了牠！

「……！」

那個男人擺擺手，示意她站起來。然後，下意識地摸摸左耳朵，痛苦地皺一下眉頭，鮮血沿著他的手流下來了！

「哎呀！你受傷了！」

少女撕下衣角，小心地為他裹傷，扶著他向山下的茅屋走去。她是剛剛從茅屋要到溪澗汲水時，遇到黑熊並被追趕的。

「謝謝妳。」

法賽原是一個孤兒，在她的姑媽養育下長大的。這二十多年來，除了姑媽之外，從沒有一個人對他那麼關心！因此，對這位陌生姑娘的關心與體貼，覺得十分感動，好像遇到了多年不見的親人一樣，他受寵若驚！

「這句話，應該由我說出來才對。」少女謹慎地扶著他，又深深地看了他一眼，表示感謝。她忽然發現，當她看他的時候，那個男人也在看她，兩眼交流的剎那間，有一種觸電的感覺！

「妳受驚了。」

「有一點。不過，倒是你為了救我，受傷嚴重，對不起。」

「沒關係，應該的。」

「你真勇敢，殺死了一頭處邁。」

她由衷地讚美他。十八年來，這是她親眼看到最偉大的戰鬥！雖然，她也曾聽族人讚美她父親法度（族語：野狗）酋長是如何地善戰，但是，她直覺地認為，這個年輕人才是真正的英雄！

「別這麼說。」

「我是真心話！」

路並不好走，他們又默默地走了好長一段路。

「我叫法賽，妳呢？」

「秋姑。」

「秋姑，是加津林部落的人嗎？」

「你怎麼知道的？」秋姑以問代答。

「加津林部落名叫秋姑的人很多，我隨便猜猜的。」

「你父親是誰？」他也聽說過，法度酋長也有一個女兒叫秋姑，所以，他在求證！

「麥塞塞基浪，法度。」她說，她爸爸是法度酋長。

「什……什麼？！妳果真是法度的女兒？！」

聽到秋姑的一句話後，法賽一反冷靜、平和的表情，震驚地推開秋姑，然後，怔怔地望著她！……

「咦，你怎麼啦？」她迷惑地望著法賽，問他。

「妳再說一遍，妳的卡馬是誰？」

「你不是聽到了嗎？麥塞塞基浪法度呀！」

「啊！算我不認識妳，再見！」

法賽深深地看了她一眼，掉轉身，朝來時路就跑！

「喂！回來呀！」

秋姑大聲地喊他，心裡卻也更迷糊了。

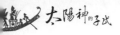

「怎麼一回事？！」

法賽搖搖晃晃地向前跑了幾步，好像被野藤什麼的東西絆倒；突然，兩眼一花，腳底一軟，昏了過去！

「法——賽——！！」

秋姑看到了，她緊張地追過去，坐在法賽的身旁傷心的低聲哭泣！……然後，她才費盡九牛二虎之力，把他連拖帶拉的運回工寮！

不知道經過了多少時間，法賽終於緩緩地甦醒過來了。他首先看到的是秋姑那關切與無助的眼神，但他覺得好疲倦，又闔上眼，休息一陣子。

「離開我吧，秋姑。」

有一天在聊天的時候，法賽不知怎地說了一句這樣無厘頭的話。秋姑聽得宛如墜入五里霧中，迷迷糊糊地問他：

「為什麼，為什麼呀？」

「因為，妳是我的敵人！」

「不，你的傷還沒好，你需要人照顧。」

「忘了我曾經救過妳的事，除非妳要麥塞塞基浪法度殺我！！」

「啊！別擔心呀，法賽，你暫時不會有危險。」

「怎麼說呢？」

「這個地方非常安全，因為很少人會來這裡。而且，我知道卡馬和咖咖到丘卡谷萊山區狩獵去了，最快也要兩次月亮上升和變暗（指兩個月）才會回家。」

「我勸妳打消救我的念頭吧！因為即便妳治好了我的傷口，我還是一樣要殺妳，因為妳是我仇人的女兒。」

　　法賽狠狠地瞪了她一眼，卻遇到了一雙溫柔而深情的眼神！他實在狠不下心來殺她：只是，每當他憶及法度酋長那副凶狠的眼神時，他就會打心裡恨他。偏偏「啊達喔刺麻斯」讓他跟仇人的女兒相遇。照理他應該把她殺了才對，但是，秋姑那麼善良，又無怨無悔地照顧他，豈可殺了如此的好人呢？

　　「你會殺我嗎？法賽。」

　　她幽幽地、深情款款地問他；同時，兩行熱淚簌簌地流下來！那聲輕柔的法賽，像一陣春風，呼喚了被寒冬摧殘的原野，是那麼地溫馨，那麼地感人呀！

　　終於，他感動地說：

　　「算了！」

　　就這一句算了，讓他們暫時拋開了隙仇，真誠地生活在一起，過了一小段甜蜜的新生活！

　　白天的時候，她扶助他坐在樹蔭底下乘涼，秋姑就在茅屋附近做一些除草、種菜什麼的農事。到了夜裡，法賽就會滔滔不絕地對她講述他多年來精采的狩獵生涯。法賽那種無拘無束浪跡天涯的豪邁故事，是她狹隘的生活領域裡所無法體會的。因此，她總是津津有味地聽他講述，而她也常常聽到一半就睡著了。

　　法賽很會講故事，所以，當他講得精采的時候，瞌睡蟲全跑了，講到傷心處時，兩個人就不自覺地抱在一起痛哭一場，講到滑稽時，兩人就笑作一團！

　　這裡沒有猜忌，沒有仇恨，有的是滿心的歡樂與崇高的慕情。秋姑傾慕於法賽的勇敢、豪放與充滿男子氣概的氣質，這在別個男人是很難找到的。而法賽呢，他則迷惑於秋姑的美麗、活潑與溫柔！跟她在一起，有如生活在春天裡一樣的舒坦。而兇狠

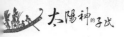

的殺戮與不斷的戰鬥，他已厭倦。第一次，他感受到生命竟充滿
了和諧與美滿！

　　有的時候，秋姑不得不到溪澗汲水或到密林裡打柴或採菇。
這個時候，法賽往往會產生一種被遺棄的感覺！他明明知道秋姑
很快就會回來照顧他，法賽依然胡思亂想地不放心！因此，他多
麼希望自己趕快好起來，這樣的話，他就可以帶秋姑在森林裡採
摘許多菇類什麼的好吃食物！

　　巧的是，秋姑也常作同樣的夢想。她夢想著法賽已經痊癒，
她每天看他壯碩的身材在密林裡追逐獵物……

　　「秋姑，這個給妳！」

　　「啊！好漂亮的裴南（族語：鹿）。」

　　……

　　「忘了我救妳的事吧！……我會殺了妳！」

　　……啊！

　　法賽的那句話，突然插進夢裡，她馬上驚醒過來！

　　秋姑很矛盾，她希望法賽的傷快點好起來，好讓他們的美
夢實現。另一方面，她又希望法賽的傷口永遠好不起來，不然的
話，他真擔心法賽會離開她或殺了她！

　　「法賽，告訴我，你跟父親如何結怨的呢？」

　　終於，秋姑鼓起勇氣問法賽探索真相。法賽的傷已經痊癒，
他們沒理由混在一起，該分手了。

　　「唉，叫我怎麼說呢？」

　　法賽為難的表情溢於言表！他皺皺眉，不得已地說：「事情
是這樣的。有一天，我在嘉洛麥亞山區狩獵時，我看到了一隻漂
亮的雄鹿在吃草，我躡手躡腳地靠近後，一揚手，「刺」一聲，

我正好射中了雄鹿的臀部，沒死，就順著山脊走。我追過山脊時，那頭山鹿被你卡馬亂箭射死！他們正要扛回去的時候，我制止他：

『等一下，那隻裴南是我殺死的，你們不可以帶走。』

『你憑什麼？』他問。

『裴南臀部的那一支槍，是我射的。』

『真正打死牠的是我們的箭。』

『不對，牠是我的。』我據理力爭。

『牠才是我的。』你父親蠻橫不講理。

我在盛怒下，發下咒語：

『如果你不把裴南還給我，你將永遠得不到雄鹿！』

你父親也沉下臉說：

『我將把你當作裴南來獵殺！』

就這樣，我們變成了仇人！」

「這沒什麼大不了的嘛！」

「不，妳不知道男人的事！」

「什麼男人的事？」她不了解，這個世界上還有男人的事、女人的事，故而再問。

「男人做事要拿得起，放得下！當一個男人把話說出來以後，再大的問題也要克服！否則，他就是軟弱的女人！」

「女人有什麼不好？」

「打架打不過男人的就是女人！」法賽解釋：「如果一個男人被別的男人譏笑是女人的話，他活著就沒有面子，沒有意思了。」

「法賽──」秋姑深情地叫他，同時，也激動地捉住他的手。

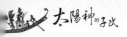

　　法賽稍一用力，秋姑就投進了他寬闊的臂彎裡，享受那片刻的溫柔。

　　「這就是了。」

　　秋姑的心裡這樣地告訴自己，這正是她十八年來追求的避風港！在這寧靜無波的港灣裡，在這溫柔而傳來體香的男人臂彎裡，她終於享受到被呵護、被寵愛的真實愛情。同時，她也將世俗的雜念與煩擾，統統拋到九霄雲外去了！

　　「如果，」他猶豫一下，把他思索了半個月的那句話整理後說：「我是說，如果妳不反對的話，我想跟妳的卡馬商量一件事。」

　　「商量什麼？」她明知故問地說，臉蛋卻像被人抹了一層粉紅的脂粉一樣，一顆心兒在胸口裡亂撞亂跳！

　　「妳，不答應嗎？」他又逗她。

　　「法賽，你好壞！」

4

　　曼妙的旋律漸趨平淡，取而代之的是雄渾有力的低音，像排山倒海般地衝擊著每一個阻力！一如雄獅低吼、沉悶、錚鏗而富潛力！它予人一種深層的戰慄、惶恐與難忍的有想衝出重圍的欲望，一如勞洛臨死前的感覺一樣……！

　　「秋姑，妳到什麼地方去了？！」

　　勞洛以責備的口吻對甫卸行裝的秋姑問話。

　　「你管不著。」

「我不是管妳，是關心妳呀！」

「關心我？哈，才不希罕！」

「妳……變了。」

「變了又怎麼樣？」

「我……」

秋姑懶得去理會，急急地回到屋裡去了。

勞洛是部落裡公認的首長的未來女婿，他卻是頭腦簡單四肢發達型的人物。多行動而少思孜，雖然秋姑是他青梅竹馬的玩伴，但秋姑卻從來沒把他當作情人看待！相反地，勞洛卻自作多情而誠摯地深愛著她，這正是秋姑感到苦惱的一件事！偏偏父親又不識相，他自始就斷定勞洛是秋姑未來的夫婿，任誰都改不了他既定的主意！

自從與秋姑發生了不愉快的談話後，勞洛就疑神疑鬼地暗中偵查她的行蹤。他突然發現，秋姑已經一改她天真活潑的少女情懷，常常躲在屋後檳榔園或獨自坐在澗底大石頭上發怔！她會無緣無故地微笑，也會不時地低泣！這使單純的勞洛丈二和尚摸不著頭緒了！

勞洛看在眼裡很心疼，這個法法彥到底怎麼一回事？是中邪了，還是有人下「谷莫亞之」（族語：排灣族人在以前對敵人或不喜歡的人，請甫力高施法，讓他或她發瘋甚至死亡的一種巫術。）使她如此失常呢？

勞洛看了很激動，有好幾次想衝過去問，卻又礙於秋姑固執的個性，只好忍住了。他深深地了解，秋姑在某方面雖然溫柔，但是，當她有不想讓你知道的祕密時，卻顯得很固執。因此，就是你打死她，她不說就是不說，任誰也莫可奈何！

勞洛痛苦地思索著，他要找機會讓她說真話！

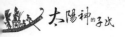

終於，野狗酋長及他的戰士們，帶著豐盛的獵物從嘉洛麥亞山回來了。

族人們熱情地在方場上狂歡歌舞，使一向平靜的多娃竹姑部落熱鬧起來了。年輕男女更是對唱情歌，互訴衷曲；空氣裡瀰漫著濃郁的愛情，人人如痴如醉……！

這個時候，在這些沸騰的歡樂氣氛中，仍然有一個人保持冷靜的態度，她就是秋姑！

從舞會一開始，她就忙著招呼客人。她盡可能不朝舞動人群的方向望去，她在有意無意地避開勞洛的那雙像燃燒的眼睛，不然的話，她會氣得暈倒！

「妳跟我出去走走！」

曲終人散，勞洛冷冷地對她說。

「改天吧，我今天很累。」秋姑看著營火的餘燼，低聲回說。

「不行，妳一定要來！」

掉轉身，勞洛匆匆地走了。秋姑心裡明白，勞洛強約她到他們以前常去的地方。不很遠，就在部落後面那一大片檳榔園！

晨星眨著疲憊的眼睛，高懸夜空，東方即將成現魚肚白，太陽起床了……

「什麼事？」一見到勞洛，秋姑劈頭就問。

「妳知道，我一直在愛妳。」好一個無厘頭的回答。

「我不知道。」

「妳不要騙我，而且，我也知道妳愛我。」

「你！……胡說！！」

「哼，我胡說嗎？」勞洛激動地說：「秋姑，妳怎麼啦？」

「沒有！」

「妳是不是有了男朋友？」

「什麼話！」

「妳以為我很笨，是嗎？妳騙得了別人就騙不了我！」幾乎發狂的勞洛說：「他是誰？快說！！」

「勞洛，你弄痛了我。」秋姑一方面掙脫雙手，一方面在想：「他怎麼知道的？這件事，只有我知道呀！」

「快告訴我，那個男人是誰？」

「時候不早了，回去吧！」

「妳不說，別想回去！」他開始要賴了。

「勞洛，你錯了。」秋姑見他蠻橫不講理，知道不易脫身，委婉地說：「愛情是不能勉強的。當它來的時候，你擋也擋不住，當它要走的時候，也一樣擋也擋不住的！雖然我們從小一起長大，你也一直在保護我，呵護我，但是，我相信那不是愛情。我始終把妳當我的大哥哥一樣的看待，以前如此，現在也如此。我們都長大了，希望你還是以前呵護我的大哥哥，好嗎？」

「妳說的那些大道理，我不懂。反正，我愛妳是真的，妳老實告訴我，妳怎麼認識那個男人的？」

秋姑心裡明白，她跟法賽的事不能再隱瞞了，就一五一十地把她過去發生的一連串奇遇告訴他。末了，她加強語氣說：「那個人叫法賽，是丘娃炸卓部落的獵人。他非常強壯，頭腦冷靜，我親眼看到他打死了處邁。」

「……」

勞洛怔怔地望著秋姑，兩眼冒著迫人的凶光！等她說完，一聲不響地走了。

「勞洛，你去哪裡？」

　　秋姑不明白他為什麼要突然離去，追著問他。勞洛卻像一陣旋風，一會兒就不見了！

　　秋姑猜想，也許，他明白了一個人對愛情的態度，所以他主動地放棄了追求她。也許，他正怒火中燒，找法賽打架去了！……糟糕！

　　秋姑心知不妙，匆匆趕回部落後一打聽，果然，勞洛帶著武器，怒氣沖沖地往炸炸巴勒衝去！野狗酋長聽到消息後，他馬上派部落的甫拉里森去追截！但是，曠野茫茫，他們去哪兒找勞洛呢？

　　「唉！現在，只能指望啊達喔剌麻斯開恩，不讓勞洛送死！」

　　野狗酋長送走了特遣部隊，擔心地喃喃自語。雖然，他很喜歡勞洛這個青年，但是，身為麥塞塞基浪的他卻深深明白，族人青年為了爭奪女朋友而致死鬥者，除非決鬥的當事人自動請求取消外，任何人都不能干涉，即便是部落酋長也無此權限，這是啊達喔剌麻斯欽定的律法！

　　「現在，讓我們祈求偉大的啊達喔剌麻斯降下和平吧！」

　　沉重的嘆息，野狗酋長看起來更蒼老了！

　　日正當中時——

　　勞洛焦急地來回踱步，多娃竹姑的淙淙流水聲掩沒了一切，時間似乎靜止在流水撞擊岩石的那一剎那！

　　「什麼殺熊的勇士嘛？到現在還不敢來應戰！」勞洛鄙夷地斜著兩眼，望著來路，狠狠地咒罵！

　　突然，一聲清悅的簫聲從勞洛的身後響起！接著，法賽正威

風凜凜地站在他前，向他微笑！

「哼，你是誰？」勞洛明知故問。

「法賽，你呢？」

「勞洛，巴乍有（族語：去死吧）！」

勞洛才報上名號就拔刀刺向法賽，大聲地喊「去死吧」！

法賽注意到對方的刀法，他輕輕地一閃，躲過了勞洛的突襲，他說：

「慢著，我不是來打架的。」

「少廢話，有種就別跑！」

勞洛真是來者不善！刀光像雨後彩虹，他刷刷地幻化成一幅要命的圖案，在法賽的四周環繞！

「喂，喂，喂！你聽我說呀！」法賽不想跟他耗時間，急急地說。

「哼！莫非我們的大英雄害怕了？！」

「不是這樣，我們談談……」

「沒什麼好談的，孬種！」

又是一次要命的偷襲，法賽手上拿著的竹蕭被砍了一截！接著，他在退讓時，只覺左邊的眼角一涼，鮮血汨汨地流下來了！

「我受傷了！」

法賽仍在避讓！

他一直想勸告勞洛：我們不要互相廝殺，免得兩個人都受傷！但是，現在他已意識到，這個男人存心要置他於死地。法賽開始以憤怒的眼神看這個男人了！

「刷！」

遲疑間，勞洛的刀鋒又到，法賽的左肩被砍傷了！鮮紅的血，染滿了腳下的大石頭！

　　「哈，哈——」勞洛得意地狂笑，「原來，你只會在女人的面前逞英雄嘛！」

　　「你說什麼？！」法賽憤怒地大聲責問！

　　「我說，你是一個法法彥！」

　　法賽因一時的輕敵而險些送命！現在，他又被奚落是女人，內心的怒氣忽然高漲，大叫：

　　「巴乍有！」

　　法賽伸開受傷的左臂，右手舉刀，怒目相向地砍過去！

　　這個時候，空氣像突然凝固起來，毛毛細雨越下越大，沿著法賽的面頰簌簌而下，視線越來越模糊了！

　　「殺！——」

　　一聲長嘯，勞洛也舉刀砍了過來！

　　「殺！——」

　　法賽一個轉身，迅速地跳到岩石下，舉起長矛，往上一刺，正好刺中了意欲跳下追殺自己的勞洛！！

　　「刺——啦——噗——」

　　只聽到一聲悶哼，勞洛像一隻被長槍刺中的獐子一樣，毫無反抗力地隨著長矛，摔落地下！

　　法賽隨即拔出長矛，看到勞洛一雙驚恐的眼神在看他，還沒斷氣！法賽毫不猶豫在他胸口再補上一槍，勞洛抖了抖，頭一歪，死了。

　　法賽甩了甩頭，讓繼續加大的雨水沖洗他身上的血水！然後，再拉起勞洛的屍體，向部落走去！

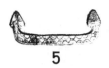

5

夜風冷冽地吹拂著屋外的冬青樹，濃密的枝葉發出沙沙聲，伴和著傷感、憂鬱的簫聲。

夜，更深了……

勞洛的死，著實給野狗酋長一個沉重的打擊！

二十餘年來，他一直把那個沉穩、強壯又帶點傻勁的勞洛當作自己的兒子看待！勞洛在他面前一向非常聽話，沒想到，一次不乖就送命了。

「哼！那個叫什麼法賽的，竟然敢殺了他！」

「卡馬，那是勞洛自己找死嘛！」

秋姑怯生生地站在一旁解釋，她希望父親能諒解兩個男人決鬥的事。

「法法彥不要講話！」

「卡馬，我……」

「啪！」

一聲清脆的耳光打在秋姑的臉上，野狗酋長大吼：

「麻立正」

秋姑踉蹌地倒退了幾步，畏懼地偷看父親一眼。淚水像斷了線的珍珠，沿著被打得紅腫的臉頰流下來……

「卡馬，拉里巴部落的麥塞塞基浪求見！」野狗酋長的長公子比亞匆匆進來說。

「人呢？」

「正在乍乍巴勒等你的回話。」

　　「咖咖，我們去殺他！」老二戴灣對著長兄比亞說，年輕人不知道天高地厚，卻躍躍欲試。

　　「慢！」野狗酋長制止他：「人都送來了，還怕他溜掉嗎？」

　　「喔伊」

　　「叫他上來。」

　　「喔伊！」

　　「戴灣！」

　　「喔伊！」

　　「戴立！」

　　「喔伊！」

　　「嘉給特！」

　　「喔伊！」

　　「卡馬，請遵守決鬥的規矩！」秋姑突然插說。

　　「法法彥魯蘇（族語：女人，不要插嘴）！」

　　秋姑的建議沒有得到結果，固執的野狗酋長命令全部落的戰士，隨時準備應戰！

　　卡比酋長從容地跟在比亞的後面，法賽卻嚇然地也來了！

　　「麥塞塞基浪卡比，你來了。」

　　野狗酋長上前打招呼，臉上堆砌著笑容，兩眼卻瞪著法賽看！

　　「加法加非！」

　　卡比隨即入座，法賽卻機靈地站在酋長後面，防範有人偷襲！空氣顯得極不調和，大有戰事一觸即發的態勢！

　　「有什麼事嗎？」野狗酋長快人快語，如此問他。

「我受了法賽的請託，一方面致哀，一方面求親！」

「致哀不必，人都被你們殺了，何必假好人。至於求親的事……」

「怎麼樣？」

「我們先算帳！」

「你的意思是——」

「來人呀，把法賽抓起來！」

「慢，怎可隨便抓人？」卡比酋長迅速站起來，制止他們抓人。他說：

「理由呢？」

「第一是，法賽在嘉洛麥亞山冒犯了我。第二，他殺死了我的未來女婿，勞洛。」

「喔！原來大名滿丘卡父龍的法度麥塞塞基浪也會不講理呀！」卡比酋長忍無可忍了，拿話來消遣他：

「決鬥是一種非常神聖的戰鬥！誰死誰活只有約鬥者雙方當事人決定，勝利者就可以依照他們事先的約定，擁有所有，失敗者呢，人死了，一了百了，沒有任何遺憾！」

「……！」

野狗酋長被卡比酋長奚落了一番，氣得臉紅脖子粗，卻一時答不上話來！

「卡馬，我們替勞洛報仇！」

「卡馬，血債血還！」

戴灣和戴立兄弟倆，唯恐天下不亂，你一言我一語地刺激他們的父親報仇！法賽卻冷靜地環顧四周，默默地觀察地形地貌！但是，當他的雙眼不經意地落在秋姑的臉上時，一股莫名的衝動，煽動得他泫然欲泣！……

　　「不要吵！」卡比酋長用手一比，說：「殺我們容易，要打發他們就難了！」

　　他們順著卡比酋長的手勢一看，喝，拉里巴部落的弓箭手，不知打什麼時候起就佔領了村子裡所有的制高點，每個人站在高處做拉弓的動作，好不驚人！

　　他們正等待卡比酋長一個彈煙灰的手勢，這些人手中的箭朵就會飛向他們，一個也跑不掉！！

　　「這樣不好吧！」野狗酋長知道自己已經被包圍，絕無勝算可言，才不好意思地說了這句下台階的話。

　　「要撤，可以。但是，你要答應我的條件！」

　　「什麼條件？」

　　「你要答應法賽當你的女婿！」

　　「那怎麼可以？」

　　「怎麼不可以？」卡比酋長說：「其實，你只要不記恨他對你的冒犯，法賽是一個理想的女婿。」

　　「你說得很簡單。但是，他發誓要殺我們全家呀！」

　　「法賽為了救你家的女兒，不惜跟兇猛的處邁戰鬥，結果，妳女兒沒事，他卻受了重傷。難道，這個代價不高嗎？」

　　「讓我考慮一段時間吧！」

　　「那好，我等你的好消息！」

　　「馬里馬里（族語：不客氣，謝謝你的意思。）！」

　　這一段驚險的求婚就暫告一段落，他們又安然地回到了部落，等候女方的消息……

6

時間在等待中特別難挨，不過為了尊重野狗酋長的意見，法賽只好慢慢地等待：他相信，野狗酋長一定會派人說明，不管他贊成或反對，這是當一個酋長最起碼的禮節吧！

果然，一個月後的某一天下午，法賽接到了野狗酋長的口信，要他三天後的早上，到多娃竹姑部落的乍乍巴勒，等候召見！

「這分明是答應了，否則，他一口回絕就好了！」

法賽高興得又跳又唱，把這些日子以來的苦難一股腦兒地拋開了！好開心呀！

他天真地開始幻想他跟秋姑婚後的幸福日子！

可惜，自古以來，好夢最易醒！

果然，當他聽到野狗酋長的求婚條件後，他終於明白，為什麼野狗酋長沒有當面答應，而是過了好幾天才答應的原因了。

野狗酋長要他在十天後的晚上，帶著竹簫，坐在屋前祭台的石階上，不停地吹情歌！他又附帶規定，除了一件獸皮大衣外，不可加穿任何衣物！

「這擺明了是謀殺嘛！」

法賽心裡如此恨恨地咒罵！但，表面上，他必須很聽話地虛與委蛇一番。反正，還有十天的時間考慮。不過，為了跟秋姑共度幸福的日子，他必須勇敢地承擔！

「喔卡萊亞根（族語：我是男子漢）！」

男人嘛，怕什麼！法賽常常這樣鼓勵自己！

「你不反悔？」野狗酋長再問。

「絕不！！」法賽堅定地回答。

「好，就這麼說定了。」

「好，就這麼說定了。」

野狗酋長狡黠地一笑，「加法加非。」

「加法加非！」

……

法賽不知是該高興還是該怨恨，野狗酋長提出這樣狠毒的條件，非常不可思議！

「哼，怕什麼！」

法賽自言自語，他嘴裡這麼說，內心卻有一些怕了。天這麼冷，又是沒有伊拉斯的晚上，一定很冷，很冷的。

「法賽！」

「啊！怎麼是妳，好高興見到妳呀！」

法賽很高興的跑過去，抱她！秋姑卻激動地哭了！

「……秋姑，怎麼啦？」

「法賽，你不要相信我的卡馬，他存心要你死！」秋姑一方面哭，一方面說：「這樣冷的冬夜，不要說是人，就是豬狗都會凍死的！」秋姑加強語氣：「法賽，啊，法賽！我不要你凍死啊！」

「不會的，秋姑，不會的！」

法賽再也找不到安慰她的話，只好重複地說，不會，不會！不會有危險。其實，他對未來的事一點把握都沒有，對這種環境的無可奈何！比用利刃刺進他胸口還難過！

「但願像你所說的一樣吧！」

秋姑深情地注視他，如果可以的話，她真的願意跟他遠走他鄉！

「回去吧！」

「保重啊！」

「你也一樣。」

「……！」

就這樣，法賽帶著秋姑的叮嚀和祝福，走回家裡。他知道，只有以生命換來的愛才彌足珍貴，也只有真誠與勇氣，才能消除野狗酋長的成見！

「啊達喔剌麻斯喔，保佑我吧！」

他虔誠地祈求偉大的太陽神保佑他。然後，用力地甩一甩頭，頂著強勁的寒風，奔向自己的部落！

7

瘋狂的旋律，輕鬆怡人的音韻以及世紀末似的演奏，都過去了。現在，法賽正以心，以生命，以真誠吹奏生命樂章。

刺骨的寒氣不斷吹來，但他像挺立在風雪中的松柏一樣，絲毫不為所動！強勁的意念支持他忍耐，因為這個考驗對他來說非常重要。無論天有多冷，也無論風有多寒，他必須堅持到天亮！只要他還有一口氣在，撐得住，最後，一切美夢會逐一實現！萬一失敗了，他只有一死來表現他對秋姑的愛情！也只有一死，才能保留住拉里巴部落的面子！

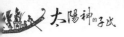

　　風，好冷呀！

　　上半夜的時候，他在淒涼的苦雨中，還能勉強支撐，但是，當距天亮還有大約三個時辰的現在，他全身已經冰冷，雙手已麻，失神的雙眼，死盯住酋長屋內被晨風吹得晃動的燭火。

　　「秋姑，這夜好黑暗呀！」

　　法賽默默地對那搖曳的燈影說。二十餘年來，他不知道面對過多少強敵，但他從不害怕！只有現在，他感受到他的生命正在慢慢地消失在黑暗中！他開始緊張，但是，他能逃跑嗎？

　　他生而為名，死也要為名呀！何況，誰也預料不到三個時辰後發生的事？也許，他撐得住，那麼族人們會像以前一樣，瘋狂的把他拋向空中……

　　「我要活下去！」

　　想到這裡，他又產生了不少的力量！他使勁地吹奏那首「拉里巴情歌」！當那悠揚的音符吹奏出來時，秋姑很快地聽到了。她隨著美妙的旋律，輕輕地哼了起來：

　　No adawuson la, wula chimll ahmen,

　　君是太陽，妾是草，

　　No chimedas ak adawu, demunak ahmen!

　　太陽要照，草要長。

　　Woei malodaq aga adawu, moei tacodaga eechin，

　　太陽下山，妾欲休息，

　　Nomachidas ak adawu la venochiyala vochiyal！！

　　陽光照耀，草而茂盛！

　　……

　　這首歌是他們在嘉洛麥亞山初相逢時唱的；當時，秋姑曾戲

謔地說過:「我將為這首歌而死。」

可是,不久以後,反而是法賽要為這首歌而死;這是何等諷刺的事呀!

「法賽!」秋姑痛苦地在窗外叫著。

「秋姑,安靜。」

「爸爸,我不要法賽死!」

「不許胡說。」

野狗酋長愛憐地抱住女兒,噙住淚水說。

人非草木,豈能無情?法賽的真誠與勇敢,早已打動了野狗酋長的心。然而,身為麥塞塞基浪的他,豈可輕易地違反了自己訂定的法律?他要與法賽一樣的信守承諾!

「天亮以前不可以讓法賽進入屋內,否則,族人會取笑我們!」

「我知道。」

睏倦、寒冷雙重襲擊下的法賽,已經瀕臨死亡的邊緣了!

回去吧,保命要緊!

不可以,一定要堅持到天亮!

可是,我好像不行了,走不動了!

秋姑,我不行了,怎麼辦?!

啊,秋姑,我先走了,妳保重啊!

秋姑,秋姑。讓我再保護妳一次,就像我第一次保護妳一樣!

……!!

突然,秋姑聽到了一聲重物倒地的聲音!她激動地衝出屋外,發現法賽已經倒在祭台邊,手裡還緊握著那一支長簫!

「法賽，法賽，你醒醒啊！」

秋姑忘記了忌諱，抱著法賽冰冷的身體，叫他。

「秋……姑！妳……我……高興妳……來。」

「法賽，振作起來，爸爸已經答應了。」

秋姑不知哪兒來的勇氣，她老實地告訴法賽，她老爸答應他們的婚事了！

可是，法賽說：

「不！……不行了……」

法賽一說完，頭一歪，雙眼一閉，死了。

「法──賽──」

秋姑放聲大哭，震驚了廣場的所有人！

野狗酋長及他兩個孩子也出來了！族人們紛紛地走到屋外，蜂擁地朝酋長廣場集結！

天亮了，晦暗的晨曦中，飄著雨絲，曖昧的，不定向的飄盪！

「轟！……隆！……」

天空一聲悶雷，響徹雲霄，也震撼著罪惡大地！

寒風依舊，蕭聲已杳，人已遠去了！

留下的，只有哀慟的秋姑和嚴肅的族人！……

「好啦，我的故事說完了，怎麼樣，精彩嗎？」谷娃娜說。

「非常傳神！下一次呀，我還想再聽一遍。」

嘉洛麥亞山那一片碧綠的茅草，在春陽溫和的照射下，有如排灣族少女迎風招展的裙子，予人一種綺麗、浪漫的想像空間！

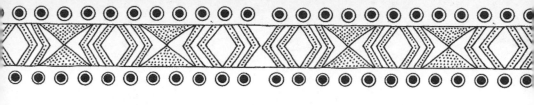

第三部
陽光

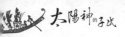

　　一九四五年十月二十五日，第二次世界大戰的戰敗國──日本，不得不依和約將它盤據了五十一年的台灣歸還給戰勝國──中華民國政府。因此，從那一天起，台灣重回祖國的懷抱了。

　　這個時候，多娃竹姑部落已經從狼煙裊娜的丘卡父龍的深山裡，遷到了靠海的大竹國民學校附近。族人每天望著澎湃巨浪淘天的太平洋，人們也開始浸淫在海浪拍岸的新鮮好玩的新生活，他們的日子好不快活！

　　台灣光復後，中華民國政府將多娃竹姑劃歸台東縣大武鄉內，沿用日據時期的地名，仍叫大竹村。首任村長由德高望重的「麥塞塞基浪」嘉淖先生來擔任。

　　中華民國政府為便於施政及管理，乃委派具有國語及日語能力的閩南或客家人擔任村幹事。這些官派的村幹事們的本事可大得很，他們在替族人「賜姓給名」的時候，完全憑自己的意思，要給你姓高你就是高先生，他說你是陳先生，你一定是陳先生！他查都不查你跟你兄弟是什麼關係的，因此，鬧出了許多荒謬的事！比方說，你姓林，你的兄弟姊妹可不一定跟你同姓唷！像大竹村一鄰二號的陳明清先生，他在別個部落生活的兄長就叫蕭某某，妹妹就叫高某某的，真是荒謬到了極點，而且，這個鳥事，也就將錯就錯了六十多年了，尚未改正！

　　還有，居住在平地行政區域的原住民同胞們，不管你是哪一個族群的，都很無奈地被冠予「平地山胞」的渾號，而居住在山地鄉村的原住民同胞們，想當然爾地就叫「山地山胞」，享有免稅的權利。這就是光復初期的荒謬制度！善良的原住民同胞們因不懂得申訴制度，也不知道爭取自己的權利，就這樣被別人叫了半個世紀，一直到十多年前才順應一九九六年的世界原住民年，改名叫「原住民」，這是特別說明的。

　　政府為加強原住民同胞的「國語」（指中國語）能力，特別在每週一到週六晚上辦理「民眾補習班」課程，教族人青年練習說一些簡單的國語，像早安、晚安、你好、謝謝及再見等等基本語言。族人為服從政令，幾乎每一個失學的男女青年都會主動去學習這新奇好玩的語言——國語。因此，在三五個月後，就有族人敢拿學來的問候或打招呼的話，向駐守海防的國軍打招呼了。

　　好好玩喔！那些兵好像聽得懂他們講什麼，他們也一知半解地知道國軍說的話了！

　　這種新鮮有趣的經驗，促使他們更認真地講國語！同時，他們也很高興得讓學齡兒童到學校上課，學講國語。會講了，好驕傲！

　　這裡沒有猜忌，也沒有紛爭，更看不到日本警察兇惡的嘴臉，講話的空氣中，有的是溫馨的友誼與安詳和平的氣氛！！

第一章

Kacopo wamalika chia vovo, patagelaga , Echen na maso chavell！！

歡迎諸神們蒞臨本部落，神聖的豐年祭即將展開！

Enicanamasananoma saniyajasechouogen, Lakewa niya uenaloyan a majolat!

這一點點祭品不成敬意，但它是集合了我們全部落的誠意，請笑納！

Pacolige yamin laniyamalecavovo jacoligeya Gamen, wolayinee yaga manihy teyamado!

請協助吾族吾民呀，祖先們，別讓惡靈再來使壞！！

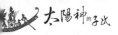
多娃竹姑部落的「甫拉里森」奔狄克，他腰繫短刀、肩扛已曬乾並捆好的獸皮，與同齡的的吉歐匆匆地向三十里外的大武街跑去！

他倆係奉了嘉淖酋長的口諭，要到大武街販賣獸皮，順便換一些鹽巴、肥皂及砂糖等等日用品回來。年輕人嘛，腳程比較快，所以，這趟任務就交給他們。

接近中午時，他們到達了大武溪的北岸，照往例直接到設在北岸的陳老闆店中。這樣做的話，可以免除他們在大武街上跑來跑去了！

「這是一捲鹿皮和兩捲山羌皮，陳老闆，你秤秤看，能賣多少就算多少，你一向信用很好，我信得過你。」奔狄克對店家說。陳老闆是閩南人，他們自祖父起即落腳大武街，開一家雜貨店。由於他誠實無欺，甚得排灣族原住民的信任，因此，他的生意越做越大，大武村附近的大鳥社、加津林社、伽路尹洽社等等原住民部落的人，都來與他以物易物地做生意，興隆得很呢！

「吉歐不是也來了嗎？怎不進來休息一下？」陳老闆一方面秤獸皮，一方面與奔狄克閒聊。

「防備日本兵抓人！」

「日本兵？……抓人？……」

「陳老闆，你別在那邊發呆了。」奔狄克看出了陳老闆的異樣動作，提醒他：「快，怕來不及了！」奔狄焦急地催促他！

陳老闆非常了解這些排灣族人的個性，他們耿直而善良！不過，每一個人好像都犯了「過於急躁」這個毛病！也許，這裡的氣候太過悶熱，才使族人變得如此急躁！因此，他不便再說什麼，他熟練地在算盤上撥弄珠子，很快就有答案了。他扣除了日用品的費用後，把一疊鈔票交給了奔狄克，生意就算成交了。

「喔——喔——！」

屋外突然傳來兩長聲告急聲，奔狄克一聽到後，乖乖不妙了，剛才換的貨物也不要了，忽地就往屋外衝出去了！

陳老闆被奔狄克這種反常的反應給嚇壞了。

「喂，奔狄克，你的鹽巴帶走呀！」

……

可是，奔狄克像見到了瘟神一樣，頭也不回地往外衝，不一會兒，人影就不見了！

奔狄克是聽到吉歐告急的信號後，才不分青紅皂白地一溜煙跑出去。他焦急地跟在同伴的後面追趕，深怕一個不小心就給日本兵逮著了，那還得了！因此，他拚命地追，追，追，希望在天黑以前回到部落！到時就有了支援，不怕日本兵會對他怎麼樣了！

「衝啊！」

「啊，啊命（族語：完了）！！」

突然，他左腳踩空，加上衝力又大，整個人摔落在約八公尺深的濕地裡，痛得哇哇大叫！

稍後，他又本能地以手尋找那令他痛苦得要命的身體部位！

「哇！麻宰亞根，伊娜！」（族語：媽媽呀，痛死我了！）

……

另一方面，吉歐因為發現得早，跑得比較快。因此，當奔狄克跌落濕地時，他已經跑得老遠，根本聽不到同伴的呼救聲，所以才沒有回頭去救他的同伴！

吉歐跑得滿快速的，天沒黑，他已回到部落，向酋長報告他此次的任務。同時，他向酋長報告他們遇見了日本兵並且被追趕

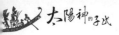

的驚險過程。

「你的同伴呢？」酋長半天沒看到奔狄克，問他。

「麥塞塞基浪，你知道我跑步很快的，奔狄克在後面，我不知道啦！」

「奔狄克是不是被日本兵抓走了？」

「我不知道，可能吧！」吉歐吞吞吐吐地亂說話。

嘉淖酋長當過幾年日本兵，也在菲律賓群島打過仗，他的判斷非常敏銳。

「走！我們找日本兵要奔狄克回來！」酋長下令，誰敢違抗呢！但是，酋長的「兩個自己」在他腦海中對抗！

「日本人不是走了嗎？」這句話閃過他的大腦。

「說不定，他們又回來了。」另一個自我這樣回答。

「去看看吧，日本兵也許又回來了！」另一個自我又擊敗了另一個，於是，嘉淖酋長決定前去看看，到底日本兵在搞什麼鬼？

於是，嘉淖的雙重人格在不斷的爭鬥的時候，天色已亮，大武街遠遠在望了！

「陳老闆，陳老闆！！」村民用力地敲擊雜貨店的門板！

「啊，是麥塞塞基浪呀！」

打開門，陳老闆揉著惺忪的兩眼，卻看到了難得見到的酋長，驚喜萬分地瞪著！

「噓——」酋長示意陳老闆說話的音量放小聲。

「大清早的，有什麼事嗎？麥塞塞基浪。」

「我問你，那些兵住在什麼地方？」

「他們住在海邊的碉堡啊！」

「走！我們找日本人算帳去！」嘉淖怒氣沖沖地說，帶著部下，迅速離開陳老闆。

「日本人？……算帳？糟了！！」

酋長才走開，陳老闆開始回味他臨走前所說的那句話。然後，陳老闆把「日本人」跟「算帳去」這兩句話連在一起時，才警覺到事態嚴重了！！

「馬上制止！」陳老闆自己告訴自己後，迅速地蹲下撿了一粒比手掌小一點的鵝卵石，就往酋長那一行人的面前一丟！

還好，他還丟得真準，石頭就掉在酋長的前面！麥塞塞基浪何等英明，見到不明的石頭掉在面前時，他立即想到一定有事發生了！

「麥塞塞基浪，你要去哪裡？」陳老闆上氣不接下氣，追著喊他！

「這個石頭，你丟的嗎？」酋長聽到陳老闆叫他，也等到陳老闆跑到跟前後，問他！

「麥塞塞基浪，我不這麼做，沒辦制止你前進呀！」

「什麼意思？」

「你誤會啦！」

「誤會什麼？」

「那些兵不是日本兵，他們是勞迪亞，中國兵呀！」

「那些兵扣押了我的甫拉里森，我去要回來！」

「你還不相信那些兵不是日本兵嗎？」陳老闆急了，他說明：「好，我帶你去！」

「走！」

於是，嘉淖酋長，陳老闆和大竹村的村民們，浩浩蕩蕩地往大武海防班哨去了！

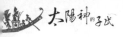

　　見過面，嘉淖驚奇地發現，這些兵所穿的制服跟他服役日本兵的時候所穿的制服完全不一樣！

　　「會不會是日本戰敗後，又換了制服呢？」嘉淖還是懷疑這些兵一定是日本兵！

　　就他所知道的事來說，日本人非常倔強，他們絕不隨便認輸的。就是輸了戰爭，日本人寧可切腹自殺也不讓敵人看到他們的全屍！這種強硬的民族性格，嘉淖在他服役的三年裡，已深切地體會到了！他永遠記得在菲律賓群島作戰，他與西田士官的爭鬥致死的經驗！

　　更奇怪的是，這些兵對他們都非常的客氣，又是敬菸又是點火的，他們跟那些趾高氣昂的日本兵比起來，這些兵太可愛了！

　　「難道，我弄錯了嗎？」嘉淖實在不相信這眼前的一切！他不禁自言自語起來！

　　陳老闆眼光銳利，就憑他從商多年的經驗判斷，馬上就知道嘉淖心裡在想什麼了。

　　「麥塞塞基浪，我的老朋友啊！」陳老闆看出了嘉淖懷疑的樣子，提醒他：

　　「我懂他們的語言，你有什麼問題儘管講出來，我來翻譯。」

　　「那好，我有一個甫拉里森失蹤了，是不是被你們扣留了？」

　　「村長你誤會了。你的戰士在逃跑的時候，不小心跌到窪地，右腳跟受傷，我們已經幫他上藥包紮好了，相信再過幾天就能走動了。」

　　「你說話算話？」

　　「當然！我以中華民國陸軍中尉軍官的人格，向你保證，我

說的話，都是真的！」

「那好，你帶我去見奔狄克。」

「請！」

年輕的林排長就什麼武器也不帶，與酋長一行相偕去大武衛生室。一路上，陳老闆乘機向嘉淖酋長解釋，日本人早在他回台以前就回歸日本本土了。而他看到的這些軍人都是中華民國的陸軍。他們都是親民愛民的革命軍人，他誤會他們了。

「麥塞塞基浪，利本，勒默谷特！（族語：酋長，有日本兵呀，怕怕。）」

一見酋長，奔狄克就驚恐地大叫！

「以尼卡谷木達，民國狄亞麻洲。」（族語：不要怕，他們是中華民國的軍人。）

奔狄克年輕的臉上，這才逐漸地現出了平和的表情。同時，緊張的空氣才得以化開，讓病房裡恢復和平的氣息。

「麥塞塞基浪，」林排長也學會用排灣族語稱呼酋長：「你的屬下正在接受最好的治療，您可以放心地回去了。」

「既然我的甫拉里森沒有生命危險，我就放心地回去了。」

酋長一再叮嚀陳老闆，一定要真實的翻譯這一句話：

「下次月亮正圓的時候，我們舉辦『瑪索乍裴勒』，你一定要來看！」

「好呀，到時候我一定到！」林排長豪爽地答應了。

當然，軍民的第一次接觸由於語言不通，難免會發生誤會。所幸經過陳老闆居中翻譯雙方的語言與意思，才沒讓事態擴大，這真是不幸中的大幸。同時，也因為發生了這小誤會，排灣族原住民同胞們也才有機會見識到新政府的好處以及中華民國軍人親

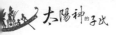
民愛民的事蹟了。

　　大竹村舉行豐年祭的那一天，林排長果真依約的來了。

　　為順應民情，乃親自帶了一箱米酒和一籃在小吃店裡購買的滷菜，由兩名士兵抬進了會場！

　　嘉淖酋長正帶領全部落的祭師在太陽神的神像前祭祀中

Kacopo wamalika chia vovo, patagelaga , Echen na maso chavell！！

歡迎諸神們蒞臨本部落，神聖的豐年祭即將展開！

Enicanamasananoma saniyajasechouogen, Lakewa niya uenaloyan a majolat!

這一點點祭品不成敬意，但它是集合了我們全部落的誠意，請笑納！

Pacolige yamin laniyamalecavovo jacoligeya Gamen, wolayinee yaga manihy teyamado!

請協助吾族吾民呀，祖先們，別讓惡靈再來使壞！！

　　「啊！你來了。」

　　嘉淖酋長才送走了神明，海防部隊的林排長就來了！他高興地緊握著訪客的雙手，熱情地打招呼！

　　「我信守我的諾言，所以我來了。」陳老闆還是最好的現場口譯，他準確地將林排長的話翻譯給酋長了解。

　　「我邀請你來，並沒有請你帶那麼豐富的禮物呀！」

　　嘉淖看到林排長帶來的禮物有些不悅，要陳老闆告訴林排長他的感受不是很好！

「麥塞塞基浪，只是一點誠意，不足掛齒！」

酋長一向不善言詞，因此，如果一直說話的話，他會受不了，所以，他說完話後，馬上請林排長上座，帶著愉悅的心情觀賞族人的豐年祭比較好！

其實，排灣族人的豐年祭應該叫做「瑪索乍飛勒」才對。不過，由於祭祀的方法較為特殊，含有祭神與拜祖宗的意思，所以，瑪索乍裴勒就包含了多重意義了。

排灣族人選擇每年七月第一次月圓的時候來祭祀太陽神，是因為每年到了七月，農民種植的農作物已經收成，而且也是太陽曬得最熱的時候，所以是為了感謝太陽神賜予人們豐富的米糧，使族人不缺糧食。

排灣族人的豐年祭分為兩個階段：第一次叫做「巴甫基那夫」，第二階段才叫「巴卡斯洛」，它含有慶祝豐收及闔家平安的雙重意義！

Lezavowamen laadawu, mayasevagavamg!

光榮的太陽神呀，請賜給吾族榮耀！

Nolaligoinson, mayasovagavan!

如果你獲得榮耀的話，接受它，不要猶豫！

Maya lomalavegano, takakino lagano!

不可猶豫徬徨，要全力以赴地作戰！

Pakakaliyous, kanakaveliqanaga!

無論多少困難，一定要全力做好！

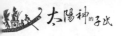

　　晚霞絢麗地照射大地，嘉洛麥亞山像初見公婆的新娘，嬌羞地紅著臉躲進雲層，陽光也在蟬鳴的伴奏下，慢慢地下山了。

　　山嵐極不尋常地迅速增強，部落外的相思樹林，像一雙雙招呼人的手臂，被強風吹得先彎了再伸直！彷彿群魔在施法，竹子林裡不斷地發出尖銳的摩擦聲。

　　一九四六年的夏季，強烈的颱風從太平洋上襲擊台灣，本島東部的台東地區，正好躬逢其盛！

　　才出生兩個月的嬰兒愛喜，在竹製的搖籃裡被驚嚇到，「喔哇──喔哇──」地哭起來了！谷娃娜疼惜她的第六個孩子，輕輕地拍著她的背，溫柔地安慰她：

　　「愛喜乖乖，不哭不哭喲！」

　　嬰兒似乎感受到母親的安慰，居然安靜地睡著了。

　　「看樣子，弗那力真的來了！」

　　女嬰的父親嘉淖一面煮稀飯，一面對著妻子說話。

　　在那個年代，族人蓋的房子多採穴居式。他們在蓋房屋之前，先在斜坡上找一塊適合的建地，坡度不超過百分之十，不過，他們也不喜歡在平地蓋屋，因為平地缺少那種百分之十坡度的保護，他們會覺得沒有安全感！因此，族人的部落多築建在斜坡上的緣故在此。

　　排灣族人蓋房子的方法是，先挖開半個人高的斜坡，在挖好的平地上埋下六根前後矮，中間較高的耐腐柱子，架上三根平直的屋樑後，才在上面架上較細的木條，然後蓋上厚實的茅草，再以竹條壓住茅草，綁好後，初步的排灣族人式的茅屋完成了。

　　啊，對了。排灣族人在那個年代還盛行屋內葬！因此，當地面整平以前，他們在房子的中央部位，要挖一個兩人深的地洞，另外加一個方型的偏平石頭當作蓋子。這樣的話，當家屬有人不

幸往生時，他們只要撥開泥土，打開石蓋，家屬的遺體就可輕鬆地裝進地底裡。

排灣族人何以有這種奇怪的屋內葬呢？

事情是這樣的，據說，古代有一種矮子，個頭約莫五六歲孩子那麼高，皮膚黑漆漆的，雙眼卻大如銅鈴。這群小矮人被族人冠以「吉莫特」的名字。他們的人數非常多，又喜歡集體行動，所以，族人對他們幾乎是莫可奈何！尤其他們喜歡吃一些髒的、發臭腐爛的東西。因此，族人為防備他們搶食親人的遺體，只好實施屋內葬了！

族人這種半穴居的房子，很難大面積的搭蓋，因此，房屋的有限空間內，只容得下廚房、臥房、沐浴間等等。如果要方便的話，可以到屋外空曠的地方解決。不過，要留意族人飼養的豬或小狗，因為牠們常常吃不飽，就把主人的穢物當做了副食品！大家都來搶著吃！

這有一個好處，除了豬狗留下的大便外，村子裡可乾淨的很呢！

「咻！──」

猛烈的強風把木麻黃的針葉吹響，發出了尖銳的咻咻聲！

「嘩！──」

竹林裡，傳來了竹子被強風吹彎的摩擦聲，令人驚心動魄！

「噹噹噹，噹噹噹，噹噹噹！」

巴拉庫灣傳來了緊急集合的鋼圈聲！部落所有的戰士都要馬上集合！

嘉淖酋長顧不得新生嬰兒及妻子的安全，提起酋長禮刀，冒著強風，直奔巴拉庫灣去了！

倒落的木麻黃橫亙路上，他無暇移開或砍掉，就著方便通過

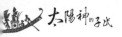
的地方左閃右拐地跨過去，不一會兒，他看到了巴拉庫灣了。

他迅速地清點人數後，除了巴洛卡爾之外，全員到齊！

「趕快派人去催！」嘉淖酋長下令：「弗那力已經開始襲擊部落，每一個戰士都要輪流巡邏部落的每一個角落！發現災害迅速回報！」

「麥塞塞基浪，我先去巡邏。」一向熱心的蘇格拉木首先發言。

「很好！不過，詳細的受災情形，拉馬楞會處理。」

「喔咿！麥塞塞基浪。」

「趕快！巴伐伐龍的房子燒起來了！」有人衝進來，緊張地報告酋長。

「狀況有多糟？」嘉淖著急地問那位報告人。

「不清楚。不過，火勢越燒越旺！」

「第一二班去救火，快！！」

火焰在強風的助長下，越發不可收拾。眾人只有努力地澆水，澆水，澆水！！但是，杯水車薪，他們一點辦法也沒有。強勁的風勢在山谷裡打轉，部落的茅屋也像一隻隻斷了線的風箏，在山谷裡隨著風勢打轉，打轉，再打轉！

「麥塞塞基浪，你看，巴沙索榮的房子有火光！」

風雨飄搖中，嘉淖酋長順著那個人的手指一看，真的，又有一個人家的房子著火了！

「第三四班去救火，第六七班待命！」

嘉淖真的急壞了，他明明知道派三個班的人員不夠力，他卻不能把所有戰士派出去。

「萬一再有住家發生狀況呢？」

因此，他控制了兩個基本警力在手上，就是這個道理。試

想，像這麼重大的災難發生時，誰能擔保不會有其他災難發生呢？

現在，黑暗的天空中，風聲，雨聲，物體倒地聲，交織成一幅世紀末的畫面。多娃竹姑部落陷入了悲慘的世界裡，無法自救！

……！

……！

終於，東方出現了魚肚白。

風已歇，雨已停，人們疲倦地傻坐床沿，兩眼無神地注視著雜亂的大地！

有一隻黃牛，不知道什麼時候衝進了人家的廚房！正慢條斯理地吃著地瓜葉！

凌亂的部落，終於有人現身，正賣力地清理環境！

第三章

Saliga lavachtlı ahmen to sokelalaigan a pachimamelen!

祈求祢常與顧吾子吾民以迄永遠！

Paee pavaee yawen towa cacanon towa sachimeler,

Masalowalavacha men!!

請祢賜給我們糧食以及豐盛的獵物！

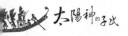

若干年後，嘉淖的第三個兒子少龍，正在牙牙學語中。

少龍有一雙明亮的眼睛，胖嘟嘟的身材也不妨礙他走路，每天蹣蹣跚跚地跟在母親的身邊撒嬌，母親有一點煩，但看他天真無邪的樣子，心裡就踏實多了！

「這孩子！」

谷娃娜每天看著少龍一天天長大，心裡也著實滿足了！

「少龍，媽媽要去丘娃卡里拉挖地瓜，你去不去？」母親對著正在沙地上玩耍的三兒子說。

「我去，我跟媽媽去。」

「一定要走完路，不能在半路上就要媽媽揹喲！」母親約法三章一番。

「喔伊！」

於是，吃過早餐後，母子倆就手牽手的往十公里外的園地——丘娃卡里拉走去。一路上，少龍調皮地捕捉野花上的蝴蝶，他們養的小黑狗古獰，緊跟在小主人後面，不斷地汪汪叫。

母親揹著尚在襁褓中的妹妹愛喜，走在小狗與少龍的後面，預防他們因遊戲過度而忘記了到地瓜園的路。小孩子嘛，你不能拿大人的標準去想像他們，何況，才五歲不到的孩子呢！

正在呀呀學語的少龍，不願意一個人待在家裡，吵著要跟妹妹愛喜一起到地瓜園去，母親不得已，才讓他跟她去園地。反正，少龍是一個自主性滿高的孩子，他有他玩耍的方式，不會讓媽媽太操心，就讓他跟了去。

「好好的看著愛喜，媽媽去巴納。」

到了地瓜園後，母親解下揹在背後的妹妹，放在地上，就這樣告訴少龍。

愛喜正睡得香甜，不因為母親把她自背上解下放在地上而驚醒，她乖巧地閉著可愛的雙眼，繼續睡大頭覺！

少龍並不因為媽媽交待他而關心妹妹，小小年紀的他除了玩之外，哪曉得什麼呢？

果然，母親才走沒幾步，他就在妹妹不遠的草地上玩起來了。

這個時候，突然出現了一條黑黝黝的大蛇，張開大嘴追著一隻大青蛙，沉睡中的愛喜沒被驚醒，大蛇就迅速地從愛喜的身上爬過！

還好，大蛇一心在追青蛙，並沒有傷害睡夢中的愛喜，悠然地爬過去而已！

接近中午的時候，母親從工地帶回一些乾柴，就著臨時搭建的工寮準備午餐。少龍正好也在附近玩耍，就跟母親進了工寮，在一旁專心地看著母親洗米，架好土灶，生火……一連串的動作。少龍一方面看，內心裡也在模仿母親的動作！！

在那個征戰連連的年代，人民的食物本就極端匱乏，尤其原住民同胞們多數沒有水田可耕，缺糧情形嚴重，更遑論要吃一餐白米飯了！因此，對少龍一家來說，這一鍋米飯已是彌足珍貴，難得的不得了了！

五歲的少龍興奮地站在母親的後面，焦急地等著香噴噴的米飯來吃！因此，他小心翼翼地注意母親的所有動作，他要趕快學會如何來做一頓香噴噴的米飯！

他首先看到母親從低矮的工寮上面，扯下一把茅草，在土灶上拿一個灰色的像鐵的東西，又拿一塊手掌大小的花崗石，一敲！立即火星四散，點燃了茅草！他又看見母親把正在燃燒的茅草往土灶裡一塞，木材就燒起來，鍋裡的水開始沸騰。不久，米

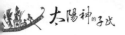

香就飄散出來，少龍開始張著期待的雙眼，直瞪著鍋子！

「你好好的看著火，不要熄滅了。」

母親交待完後，匆匆地往地瓜園去，她正在除草！

「伊娜，碼乍屋娃根！」少龍回答：媽媽，我會的。

於是，母親放心地往地瓜園除草去了。

少龍受命後，他一刻也不敢忘記母親的交待，持續地從工寮屋上取下茅草就往火裡放！

哈哈，不得了，他加進去的茅草越多，灶裡的火就越旺盛！他想，如果加多一點茅草的話，火會更大，那米飯就熟得越快！

於是，少龍天真的想法實現了。

沒想到，他只加了兩三次火，小工寮就著火了！

少龍見到工寮著火，並不害怕，也不逃離，他對於越燒越旺的工寮拍手叫好，嘴裡還不停地叫著：，

「奔！阿呀巴到！奔！阿呀巴到！」

這句話的意思，經過族人的分析是這麼說的：奔是形容火勢燃燒的壯大之聲音，巴到則是族語「達包」，工寮的意思。不過，正在呀呀學語的少龍，一時轉不過來，把達包唸成巴到了。

母親先是聽到孩子興奮的叫聲，再順著少龍呼叫的方向一看，差一點就昏過去了！

「少龍，伊——督！——」這句話的意思是，少龍來！

「愛喜呢？」母親又想到幼女，襁褓中的愛喜。

母親立即放下手邊的工作，趕快回到工寮，把少龍跟他的妹妹救出來！

她沒有責備少龍，在慶幸之餘，她只有感謝太陽神的保佑了！

「奔！阿呀巴到！」

少龍並不因為他被母親抱離火場而失望，他嘴裡還是念著那句讓他感動的工寮被火燒的感覺！

「孩子，你靜一靜吧！」

母親愛憐地仔細檢查小孩的身體，還好，這個孩子並未受傷。倒是他幼稚的心靈受到了驚嚇，才會不停地直叫：「奔！阿呀巴到！」

當然，這彌足珍貴的一頓飯，泡湯了！母親只得另起爐灶，再煮一鍋地瓜飯了。

「伊娜，少龍要吃巴代（族語：米飯。）！」

少龍吵著說，母親又好氣又愛憐地抱住他說：「孩子呀，我們的巴代被你『奔』掉了，現在，只好吃這個了！」

少龍站起來，有些後悔地站在被他『奔』掉的工寮前，有一種失落感！現在，他才知道，他不該『奔』掉了那鍋白米飯，他後悔極了！

傍晚的時候，本就灰濛濛的天空下了一場雨，母親怕孩子受到風寒，趕快在附近砍了兩張寬大的野生芋葉當作雨傘，靜靜地躲在大石頭下避雨！

「我以後不再替你蓋『巴到』，免得被你『奔』掉了！」

父親來接他們回家時，他看到被孩子燒掉的工寮，心裡很生氣：可是，他又不好對方五歲的少龍責罵，於是使用他的童語來告訴他，讓孩子明白，不可以燒房子！

「卡馬，不要，少龍要『巴到』！」

「記住，你以後不可以把『巴到』『奔』掉了！」

「卡馬，少龍知道了。」

幼稚的少龍牢牢地記住了父親的教訓，他知道，隨便給工寮點火的話，工寮一奔掉，少龍就沒地方躲雨，少龍就會生病了！

第四章

Neya vuvu neya kama te sona gado echuwakavolong
我們的祖先，我們的父親呀，丘卡父龍，
Masalo walavachamen!
我們非常虔誠地說，謝謝祢！

　　一九六〇年二月，少龍初中畢業後的次年，在舅舅的鼓勵下，他參加了台灣省警察學校警員班四十六期的入學考試。結果，他幸運地被錄取了，他在家人的祝福聲中，踏上了北上求學的新生活。

　　當時的學校設在台北市植物園的廣州街六號，是一所日治時期的警察養護所。學校裡除了各區隊的教室外，還有間寬敞的柔道館及莊嚴的大禮堂，幾乎每週一的週會時，校長趙龍文會對全體師生講述論語的精髓，比如論語講述的：學而時習之，不亦悅乎。趙校長精準的解釋，使聽課的所有人皆能體會孔老夫子的偉大，同時欽佩趙校長學問之深奧與淵博。

　　另外，術科方面的訓練非常認真，尤其柔道訓練，學校不惜花費重金，聘請柔道八段達士黃滄浪老師到警校的柔道場實施嚴格的柔道訓練！正值年輕力壯的同學們，莫不加緊練習，努力爭取黑帶初段資格，為自己的努力獲得長官的肯定！因此，每一位學員莫不全力以赴，努力學習這個由我國唐朝時期的「柔術」，傳入日本時易名「柔道」的制服人的技術。少龍就憑他孔武有力的身體，到了次年畢業時，他已經由柔道五級、四級、三級、二級，到咖啡帶的柔道一級。只差一個全國性比賽前四名，就可晉升為柔道黑帶初段，那才風光呢！

　　當然，要成為一名現代化的警察，少龍在學科方面還要學習許多的專業課程。例如，憲法、民法、刑法、刑事訴訟法以及違警罰法（已廢止）等等，真是琳瑯滿目，多的不得了！

　　身為一個排灣族人的青年，少龍雖然覺得訓練很辛苦，但他堅持到底熬到了次年二月二十三日，他高興地拿到了學校分發派令，向花蓮縣警局人事室辦理報到手續！

　　花蓮是台灣東部的小城市，居民多為閩南人、客家人以及阿

美族、布農族、太魯閣族等等原住民。山裡還住著少部分退伍耕作的外省人。

　　少龍這一批新警察們，為台灣光復後不久的治安工作奉獻了不少的心力。他們必須努力地建立地方上凌亂的戶口，積極地巡邏全轄區，遇有不法事件時立即處理，將歹徒迅速的繩之以法，以維護地方治安！

　　這種積極作為，的確為東部帶來了數十年的良好治安，這是維護治安的有效方法，也是東部民眾的福氣！

1

　　「台東縣陳少龍！」

　　「有！！」

　　「屏東縣洪有賢！」

　　「有！」

　　「出列！」

　　播報會上傳出了點名聲，兩名選手也一起出列，端端正正地站在柔道場上畫紅線的比賽場。兩名選手面對面地將雙手扶住黑色腰帶，黑帶證明他們是具備柔道初段以上實力的選手，技術、體力已經非常出眾！

　　陳少龍，二十歲，是台東縣警察參加去年一級甲組比賽時，拿到冠軍，經全國柔道委員會測試各種摔法，所有教練所一致通過晉升初段的選手。

　　洪有賢，二十歲，是屏東縣警察局初段選手，也是參加去年

一級甲組比賽的亞軍，因此也晉升初段，表現出眾！

「請各上前一步，」裁判員挺著大肚子，莊嚴地下達比賽命令：「敬禮！」

兩名選手遵照裁判的口令，一個口令一個動作地進行！待兩名選手敬禮後，裁判才高舉雙手，看著兩名選手喊：

「比賽開始！！」

⋯⋯

少龍謹慎地抓住了對手的衣領，雙腳慎重地左右移動，目的是防備對手趁他一恍神時就發動攻擊！那一種攻擊都是掃腳、吊高⋯⋯這一類小動作。不過，如果你不注意的話，很有可能就會真的被「掃倒」，那才是件得不償失的大意！因此，你一旦站上柔道場上，一定要全神貫注，很多你不在意的小動作，往往會成為對手成功擊倒你的要領！

少龍非常了解，像他們這種重量級的體格，對手絕不可能使用「過肩摔、彈腰以及大內割」這種小動作，習慣上，他會採用大外割、內腿等技術，使對手防不勝防地被他摔倒或制服！

所有柔道選手都知道，少龍的絕招是大外割摔法！這種摔法是必須儘量靠近對手的身體，然後，找機會將對手的右臂推高，接著把他的身體用力推向他的左後方的榻榻米方向，右腳則鈎住他右腳的小腿肚，再用力一拉，手臂使勁地一推，差不多九成以上的選手會倒向後面！如果他有經驗的話，只需要輕輕地閃開，往左邊一轉，哈，海闊天空，世界無限美好啦！

不過，到底是洪有賢的經驗不夠還是什麼原因，當陳少龍找到機會，將他上半身往後推時，洪有賢又犯了輕敵的毛病，他以為不過是被對手推向後面而已，並沒有意識到，少龍的蠻力之大！因此，少龍使勁地往後壓下去時，洪有賢已來不及反應地應

聲倒地，眼睜睜地丟掉了亮晶晶的金牌。

一記漂亮的大外割摔法奏效了，他聽到了那句教人興奮的判決：

「一本！solemade！」（日本柔道的術語，指一勝，比賽結束）

「一本」是國際裁判用語噢，是一勝，比賽結果的意思。斯時，陳少龍禮貌地將被他摔倒的選手拉起來，然後各站在紅線的兩端，互相看了一眼！

「敬禮！」

兩名選手恭敬地將雙手放在腿上，兩眼互瞄了一下後鞠躬，敬禮！

裁判員跨步向前，舉起少龍的右手臂，高呼：

「冠軍！」

裁判員又拉伴洪有賢的右手，高呼：

「亞軍！比賽結束。」

這一天，正好是西元一九六七年九月二十日，中華民國台灣省警務處五十六年度警察機關柔道比賽大會，地點是在台中市警察局大禮堂。甫服完憲兵義務役的少龍躬逢其盛，代表他的服務單位，參加了柔道組的個人賽。

在柔道場上激烈的廝殺，對年輕人來說，那是司空見慣的事。因為，每年這個時候，炎炎夏季接近尾聲時，繁忙的暑假治安維護工作也差不多結束了。同時，距雙十國慶的繁重勤務也還有一段時間，因此，警務處才選擇這個日子舉辦比賽，一方面鍛鍊身體，一方面做柔道技術交流，真的再好不過了。

陳少龍這一次優良的表現，不但贏得了初段組冠軍，也同時獲得了台灣省柔道協會審查委員們一致的通過，讓陳少龍晉升為

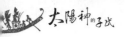

柔道二段及國家乙級裁判。充分地顯示了他在柔道運動方面的無窮潛力!

台東縣警察局長陳振遠更因陳少龍的優越表現,使團隊獲得加分,特別頒布命令,記他一次兩大功!

「好好幹!有機會我將提拔你當幹部!」

陳局長欣慰地露出了難得的笑容,拍拍陳少龍的肩膀,誇獎他。

「謝謝局長,我會努力工作!」

陳少龍右腳跟向左腳跟一靠,「扣」的一聲後,抬起頭,很有禮貌地兩眼注視長官,舉起五手指併攏的右手,行最敬禮!

「不客氣,稍息。」

「是!局長。」

陳振遠局長在部屬的簇擁下,匆匆退下!

台東縣警察局十月分的動員月會在莊嚴宏亮的口令聲中,圓滿落幕了。

2

一九八二年春天,陳少龍受到長官的肯定與器重,從大武分局警備隊調到了該分局派出所擔,任為主管,負責掌管所有金崙溪南岸以及迄大竹高溪北岸,方圓六十餘平方公里的多良村與大溪村的治安維護工作。他隨即成為大武分局最年輕的派出所主管。

多良派出所的轄區看似單純,實際卻非常複雜。除了要管理

該區兩條大河流治安外，部落向陽的地方，距離浩瀚的太平洋，僅隔一條十多公尺寬的沙灘而已！每年颱風季來臨的時候，太平洋的海水就會占據南迴公路，使所有的車輛停駛！

台灣光復後，政府為防阻海沙流失以及國家安全需要，就在海邊種植了極為耐鹹的木麻黃以及瓊麻林，形成了一道堅固的自然屏障。不過，這些長滿針刺的瓊麻林，卻隱藏著許多不為人知的祕密──極易掩護歹徒藏匿！

這個祕密在一年後大溪發生走私案件時就得到了印證，所言不假！

陳所長到任後，有感於大溪村與他祖居的大竹村只隔一條大竹高溪而已，非常近；另一方面，經他多日觀察後發現，大溪村靠近公路的聚落有蹊蹺，外來人口好像增多了，更讓他懷疑的是，某次巡邏經過「不拉不老（族語：vala-valaw，地名）」時，無意中發現了奇怪的現象：

第一，不拉不老附近，平常人煙稀少，今天就發現了有人在鬼鬼祟祟，躲躲藏藏的出海。陳所長懷疑他們正在做見不得人的事！

第二，有一輛沒有掛牌照的十輪大卡車停靠在不拉不老木麻黃樹下，對了，它的牌照經變造後，貼在貨架下方，刻意用帆布覆蓋，好像有什麼見不人的事似的！顯然的，這個人行事匆忙，還來不及修復就匆匆地擺出來，一切充滿了疑點，不正常！

陳少龍所長又陸陸續續接到了管區林警員以及他情報佈建的義工報告，處處顯示出大溪地區可能有重大的走私案正在進行。陳所長基於對轄區治安的責任，他作了簡略的分派工作後，迅速地向分局長洪春木報告：

「報告分局長，本轄區南迴公路三百八十公里的瓊麻林樹

下，有人發現開墾的卡車路，另外，大溪街上又增多了生面孔，我研判可能有重大的走私案正在進行！」

「很好，辛苦了。」分局長安慰他，欣慰地說。

洪分局長隨即召開大武分局的緊急會議，並下達了如下的處置命令：

第一，本分局刑事組同仁立即停止休假，所有幹部都要回來，聽候分局長及黃運煌組長的派遣。

第二，多良及高溪派出所的各種勤務要保持常態，以避免驚擾歹徒。

第三，明晨零時以後，所有人員立即待命，準備收網！

第四，人犯逮捕後，一律押解分局大禮堂，由駐點人員負責偵訊筆錄，不容任何一名歹徒逃跑！

第五，解散後，各勤務要一律照會議決定執行！

……

大武分局從最南端的森永派出所到最北端的美和派出所，立即進入一級警戒，無線電話全開，隨時接收分局各級長官的任務派遣！

入夜以後，從台東市到大武街的沿海，大地安靜的可以聽到對方的心跳！

黑夜像被女巫的黑紗覆蓋似的，黑漆漆的，除了零零落落的星辰以外，什麼也看不到！

天，好暗的暗呀！！

「碰，碰，碰！」

晦濁的海面上，突然傳來了急躁的引擎聲，然後，警方人員也間歇地看到輪船上傳來了一閃一閃的灼光，內行人知道，那艘船正跟岸上某些人在打暗號！

　　等候在多良派出所的警察人員們知道，船上的歹徒正在跟岸上的另一位歹徒打某種信號，以傳達特殊的情報！可是，你看我，我瞪你的，就是沒有人解得開，大家焦急得像熱鍋上的螞蟻！

　　「報……報告！那……那個……所長！」

　　這一句結結巴巴的話引起了所有人的注意，大家的目光立即由海平面拉回派出所，向那名說話的人投射過去！

　　「報……報告，那……那個，我懂！」

　　原來，他是部落裡的酒鬼，是每一個人都看不起的小人物——法度！

　　「法度，不許胡說！」旁邊的人糾正他，法度是那個人的名字，排灣族的意思是「狗」！

　　「不，我知道燈號，我是……那個……海……海軍退伍的。」

　　「那，你……你……就……就說吧！」陳所長見他那麼堅持，也就學他的語氣逗趣地說！

　　聽到的同仁都笑了！

　　「你們看，」法度一受到肯定，精神馬上就來了：「小心……警察……禮物……香菸……七星……三百……五百……一千！啊！我知道了。」

　　「法度，信號怎麼說的？！」

　　「船上的信說，七星菸，一千箱。」

　　「太好了，法度！麻紗洛！！」陳所長感動地向法度致謝！然後，馬上電話報告分局長：

　　「報告分局長！我們根據歹徒打出來的燈號分析研判的結果，輪船已經進入大溪出海口附近，並且有一千箱以上的七星牌

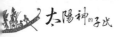

香菸要上岸！」

「很好，陳所長，你們還是繼續監視任務，一有發現，立即向我報告！」

洪分局長明快地說，然後，他命令勤務指揮中心的值星官駱東隆說：

「馬上電令森永派出所及美和派出所的同仁，立即嚴密路檢勤務。發現不法，人贓扣押並解送分局刑事組。同時要警備隊同仁立即出發，執行南迴公路的巡邏任務！」

「是！分局長！」駱組長敬完禮後，轉身，開始他的工作！

大武地區頓時陷入了一陣狂風暴雨似的忙碌勤務！所有的警察人員進入了戰鬥範圍，每一個人無不戰戰兢兢地執行任務！

時鐘正好走到了凌晨零時三十分。

洪分局長神情嚴肅地坐鎮大武勤務指揮中心，正細心地傾聽值日官駱東隆組長的沙盤推演：

「洞洞零伍的時候，天鷹號輪船上發出了上岸的燈號！洞洞零捌時陳所長請求分局派人解讀歹徒打出的燈號，但是，沒有人懂得信號內容，大家立即陷入了恐慌的局面！……後來，陳所長來電報告說，他的村民竟然有一個人懂得輪船的燈號，那條輪船正跟岸上接應人員連絡本轄治安狀況……」

「請繼續說！」洪分局長鼓勵屬下，往下說完。

「接應人員被我們的化裝術騙過去了，他放心地要船上人員把貨物用竹排送上岸！報告完畢。」

「我們的同仁如何化裝的？」分局長追問。

「我們的同仁會因地因人制宜，比如說林林進財巡佐是本地人，他就穿著與部落人民相同的裝束，嘴裡叼根菸，吃檳榔的，很難發現他是警察人員！」

「非常好！」洪分局長欣慰極了：「任務結束後，要好好的表揚才對。」

「陳所長現在位置在哪裡？」分局長開心地問。

「報告分局長，陳所長正在等候私貨上岸！只要私貨一裝車，他們就現身並逮捕人犯！」

「如果不小心，讓人犯跑掉呢？」

「報告分局長，不可能讓人犯溜掉的。不過，萬一有狀況發生的話，本分局長南北兩個派出所的攔檢點就發揮了效果，我們正好來一個甕中捉鱉，全部抓起來！」駱組長信心滿滿地報告長官。

「很好，就這麼辦吧！」洪分局長顯然十分滿意多良派出所陳所長的捉鱉方案。

然而，他們萬萬想不到，走私歹徒還有更深一層的意圖呢！

3

多良村海岸線一片漆黑，卻突然閃出幾條人影，向海浪拍擊的沙灘上跳躍而去！

海面上那座龐大移動的黑影也逐漸地靠近海灘，在海浪的後面就停住了。它好像是一艘漁船，看起來卻不像在捕魚的樣子！

船上有一些正在活動的人影，正忙碌地將一塊一塊的東西扔到海裡，有一些人就等在岸邊，將船上扔下的東西往岸上拖，拖，拖！！

有一些人在接到了物品後，分批將貨品拿到十輪大卡車上，

而車上的工人就將貨物一塊塊整齊地排在車上，不一會兒，大貨車就裝滿了！

那些忙碌的工作人員，偶而也傳出閒聊聲：

「老麥，小心條子。」那個送貨的人，對著裝貨的人說著話。條子是江湖人對警察的稱呼！

「放心，我連個影子都沒看到。」

「那就好！這一趟以後，你還做不做？」

「看分的紅利呀！如果賺得多，我就不幹了。」

「如果分的紅利不多呢？」

「做啊！這麼好的活兒，不做，太可惜了吧！」

私梟們的對話，被躲在巨石後面的陳所長及警員們聽得清清楚楚的。私梟們萬萬沒想到，月黑風高的惡劣天候下，勇敢負責的警員們，正好整以暇地等著收網！

陳所長習慣性地摸摸上衣口袋的長壽菸，右手很自然地從褲袋裡拿出打火機，正要點火時……

「啊！」

猛然間，他背後被人重重地打了一拳！他啊地一聲，突然警覺到，他是在執行埋伏任務，豈可抽菸曝露位子呢！

「嗶！——」

「嗶！——」

突然間，警笛聲響徹海岸線，有一些好奇的路過司機，也把車子停在路道上，下車觀望！

洞么洞陸時，公路局往高雄的國光號夜車，正好駛經南迴公路多良段，明亮的車燈打在晦暗的沙灣上！幾條人影心虛地就地爬下，機警的治安人員也依樣畫葫蘆，趴下去！

洞么參洞時，私貨裝車完畢，司機發動引擎，正在離開時

——

「嗶嗶嗶！」

「嗶嗶嗶！」

警笛聲大作，警員們全副武裝地打樹林中衝出來，帶起長槍，瞄準！

「不許動，警察。」

陳少龍所長大吼一聲，只見那些鬼影子趴的趴，站的站，就是沒有人敢再動了！

等候已久的警察人員，立即衝向前，一個個將歹徒們上銬，再送上借調的遊覽車上，在大武分局大禮堂執行空前多人的偵訊筆錄！

4

多良派出所的緝私工作的確做得非常漂亮！他們查獲了價值數千萬元的私菸，也緝獲了不少的洋酒，替國家創造了數千萬元的關稅！

然而，百密總有一疏的時候，在他們賣力地緝捕人犯時，不小心讓一名歹徒跑掉，正躲在安朔村甘蔗園呢！

事發三天後，有一名安朔國小四年級的小朋友，匆匆向達仁分駐所報案！

「李警員，有一個人很奇怪喲！」

就讀安朔國小四年級的張天生，到了達仁分駐所後，他這樣

告訴值班的李警員。

「小朋友乖，你說的那個『奇怪的人』，現在在什麼地方？」

「就在部落後面的甘蔗園裡。」

「你為什麼覺得那個人很奇怪呢？」李警員耐心的問小朋友，以一種尊重的態度跟他交談，會有不錯的收穫的。

「他全身髒兮兮，好像好多天沒洗澡，臭臭的。」

「也許，那個人生病呀！」

「不像生病的樣子！」小朋友肯定的說：「以前，我爸爸生病的時候都會洗澡！可是那個人說，他好多天沒吃東西了，很餓很餓的樣子！」

「然後呢？」

「他拿一千元給我，叫我替他買麵包什麼吃的東西就好！他還說……」

「他又說了什麼？」

「他說，我買東西剩下的錢就給我，不要還他。」

「他真的這樣說的嗎？」李警員不怎麼相信這個小朋友，他又追問這一句。

「不騙你，真的。」小朋友受到懷疑，心裡受傷，很認真地說！

「好，我相信你！」

李警員拍拍兒童的肩膀表示信任。小朋友感動得泫然欲泣，那個模樣，真叫人愛憐！

於是，李天才警員以警車載小朋友去會一會那名甘蔗園的「貴賓」！當他們到達甘蔗園時，那名「貴賓」正痴痴地等待小朋友買來的食物！

　　當然，他們出發前，李警員先口頭報告所長。他們的所長很年輕，剛剛從中央警察大學刑事學系畢業。他為了實現從警的夢想，在填寫服務志願地區時，捨棄了繁華的台北市，自願調到偏遠的台東服務。雖然，這裡的生活條件非常的差，卻絲毫不影響他服務警職的初衷，每天都很認真地工作，這是全體同仁都可以舉證的事實！

　　「不要動！」

　　一聲驚天動地的口令，把正在夢想吃麵包時的飽足感的歹徒叫醒過來！

　　「啊！！」

　　歹徒還搞不清楚怎麼一回事，乖乖地舉手，兩眼卻看到他先前拿錢給他買麵包的原住民小朋友！歹徒所以認出張天生是原住民，是因為他皮膚黑，兩眼深邃，口音帶有原住民特有的腔調。

　　李天才舉著手槍靠近他，以左膝蓋頂住嫌犯的大腿，右手拿槍，用左手從肩、腋、胸、腹以迄下體部位等，詳細檢查有無槍枝、小刀或違禁品。

　　他又熟練地將手槍交給左手後，從勤務袋背後取出手銬，將嫌犯雙手銬住，並銬在機車後行李架上。

　　「洞么，洞么，洞伍呼叫，請回答！」

　　「洞么回答。」

　　「嫌犯一名已就逮，我現在的位置在甘蔗園入口，請求支援！」

　　「洞么收到。」

　　五分鐘不到，支援警力來到，七手八腳把人犯帶回分駐所偵訊筆錄後，所長及同仁們才嚇然發現，那名人犯也是走私犯，由於他腳程快，才逃過了多良派出所的查緝！然而，他還是逃不過

「法網恢恢，疏而不漏」的鐵律，受到國家最公平的制裁！

　　「真是倒楣，我竟然栽在小孩子的手裡！」走私犯臨走到分局刑事組複訊時，嘴裡喃喃自語！

　　不過，更想不到的事還有，李天才的情報佈建才厲害了，竟連十歲的小朋友也知道「遇到可疑的人、事、物等，一定要報告警察處理！」

　　「報告分局長，么兩么兩專案不僅僅是洋菸喔！」陳少龍清點贓物後，打電話向分局長洪春木報告：「我們另外發現了三箱左輪手槍以及多枚手榴彈，歹徒的火力驚人！」

　　「很好！你把出力人員的名冊報上來，上級會從重分獎，也會發放可觀的獎金！」

　　「謝謝分局長！」

　　「不客氣。」

尾聲

　　丘卡父龍聳立在群山萬巒之上，驕傲地俯視大地，像一名英勇的排灣族人的戰士，亙古不渝地護衛大地！祂也像一名慈祥的母親，把祂山區裡最珍貴的禽獸留給了住在這裡的排灣族人的子民們享用，使族人在感激之餘，虔誠地趴在溫暖的大地上說：

Neya vuvu neya kama te sona gado echuwakavolong
我們的祖先，我們的父親呀，丘卡父龍，
Masalo walavachamen!
我們非常虔誠地說，謝謝祢！

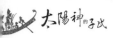

常用族語解釋表

族語	中文解釋	羅馬拼音
丘卡父籠	最高峰的意思，即指座落台灣東南方的大武山。	chio kavolong
蓋嶺巴納	巴納是溪流的意思，蓋嶺是溪流的名字，蓋嶺巴納為現今台灣東部名為大竹高溪的族名。	killing pana
啊達喔刺麻斯	太陽神。	ahdawuchimas
多娃竹姑	現在的大竹村。	chiu wa choko
麻卡竹逢	青年的出草戰士。	maka cho vong
麥塞塞基浪	酋長。	mazazagilang
發福勒岸	台灣東部的大竹部落。	vavologan
麻依那炸迫	出草祭。	maeenachap
格馬洛捕	狩獵、狩獵祭。	gumalop
福載	萬歲。	vojay
甫萊	很好、好棒。	bolaee
卡馬	父親。	kama
拉古阿拉克	我的孩子。	lacoahlac
拉符克	海水。	lavok
阿滴亞	鹽巴。	ateya
嘉淖	水池的意思，亦是人名。	jeyanow
弗那力	颱風。	vonali
麻紗洛	謝謝你。	masalo
甫拉里森	十五、六歲的青少年戰士、尚在青年聚會所裡受訓中的少年。	volaleson
甫力高	巫師、祭師。	puligaw

族語	中文解釋	羅馬拼音
巴力西彥	祭台,供奉太陽神的地方;大多以數塊花崗岩疊起,只在中間部位留下一處小小的空間,當作神祇的住所,供奉一些獸骨或鐵片等物。	palisiyann
叫鈴	銅鈴。	chiaulin
卡拉索單	議事堂。	kalasodann
葛其格其本	祭祀長、巫師的領袖,亦為巴拉庫灣的指導老師。	kezikozipan
巴力西	唸咒文、祭祀。	palisee
谷阿辣	我的敵人。	coahla
拉馬楞	老年人、首領;巴拉庫灣的長官,負責部落的安全維護,管理、訓練戰士的總負責人、隊長。	lamalen
伊娜	母親。	eena
伊沙洛門	水神。	ezalom
麻立正	安靜。	malichen
馬里卡騷	尋伴舞會。	malikasao
法法彥	姑娘、女人、軟弱之意。	vavayann
伊拉斯	月亮、月神。	elass
艾烏歪	一種葉子與芋頭相同的野生植物	ai wu why
巴代	米、米飯。	padae
啊達喔	太陽。	ahdawu
巴部斯卡曼	放置死者生前睡過的床墊等日用品。	paposikamann
巴拉卡萊	是祭祀長、主祭者,同時也是副頭目、副酋長,和部落的行政長官。	palakalai
迪亞肯	我。	teyaqun

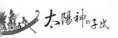

族語	中文解釋	羅馬拼音
迪亞門	我們。	teyamen
巴拉庫灣	巴拉庫灣是青年聚會所 ，亦即訓練、控制及指揮戰鬥部隊的大房屋。排灣族部落的青年聚會所，兼具行政，「督導」及武力控制的中心會所。巴拉庫灣是排灣族人的特殊社會組織，它是兼具組織、訓練並控制部落青年戰士的機構。部落少年不分男女，只要年滿十四歲起就要集中生活在巴拉庫灣內，接受拉馬楞（即首長）的生活、禮儀、戰鬥及女紅的訓練，務使部落裡的每一個年輕人，都能受到斯巴達式的嚴格訓練，成為社會上有用的人。	palakowan
喔伊	是。	wuee
瑪索乍裴勒	豐年祭。	masochavell
刺麻斯奴娃卡度	山、山神。	chimas nowa gado
巴拉索堂	祭祀場。	palasodan
卡俄不	集合。	kaeepo
派！伊拉督	來吧，請坐下。	pai!elajo
乍乍巴勒	每一個排灣族人的部落入口處，都會架一種圓形拱門，在中央橫杆上綁一塊祭過神明的豬腿脛骨，用意在拒絕惡魔入侵部落。	cha-cha-valler
父父啊卡	祖先。	vuvu ahga
處邁	黑熊。	cho-mai

族語	中文解釋	羅馬拼音
幾古拉谷勒	鬼湖，位在大武山向陽未開發的湖泊，由於鮮少人抵達，成為野獸鳥禽的棲息地，是一個神祕的地方，排灣族人依據青蛙的鳴叫聲，乃稱其為「幾古拉谷勒」。	chi kolakoll
什蠻巴納	大河祭、捕魚祭。	semanpana
那喔哇格	很好。	nagowag
格馬捕龍	排灣族原住民的特殊祭典，每五年舉辦一次，故又名為五年祭，有狩獵，愛情，豐收，出草及死亡等五組藤球，族人以竹子及木材搭建一座圓形的座台，座台的中間每隔一公尺就放置十餘公尺長的巨竹槍，竹槍的頂端用木板做圓板，中間打個大洞，將竹槍穿出約半公尺長。木板的圓形盤子上，打五到六個小洞，把尖銳的竹子穿過板子成為一座蓮花式的刺板，以方便五年祭的勇士用來搶命運的藤球！	gmapolong
刺麻斯	神	chimas
炸卡勒	五年祭時，主祭者的木條座椅。	chakall
伊沙伊斯	排灣族人的一種巫術，從伊沙伊斯被拉斷的竹片橫斷面的長短縱橫位置上，可以看得出事件會在什麼時候、什麼地方及什麼人身上發生等等。	esaess
格其巫	殺了他。	qechiwoo
烏盧／烏盧烏盧	首級。	wulo／wulo wulo

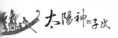

族語	中文解釋	羅馬拼音
得茂道勒	以活人的首級向太陽神祭拜的神祕祭典，即出草祭，亦作招魂祭。	temawu tawrell
巴布烏盧烏盧灣	骷髏頭架。	papo wulo wulowan
魯凡	排灣族人的祖先們，為避免傳說中的食屍族「吉莫特」盜屍並吃掉親人的遺體，乃流行埋屍屋內的奇特「屋內葬」。因此，家人往生後，就在自家客廳中央挖掘深洞，將往生者埋在屋內。因為埋得夠深，所以從未有屍臭溢出的事情發生。	lo van
老迪亞	漢人、統治者。	lawuteya
邦累	大武街的總稱。	paneloyee
加法加非	不客氣、再見。	javaja vaee
拉谷阿力	我的朋友。	lako ahli
嘉給特	男人的佩刀、戰刀。	chia ket
利本	日本人。	lepon
飛了飛了	香蕉	veler veler
法佬	丈夫或妻子的總稱。	valawo
卡捕龍	藤球。	kapolong
谷卡卡	較年幼的弟弟妹妹。	cokaka
咖咖	兄弟姐妹間的互稱。	kaka
裴南	鹿。	venan
巴乍有	去死吧。	pachayou
卡羅卡龍	粗大竹子製成的裝水用具	kalo kalong

台灣原住民族系列

39《阿美族傳說》
林淳毅◎著　220元

40《野百合之歌》
奧威尼・卡露斯◎著　280元

41《神話・祭儀・布農人》
余錦虎、歐陽玉◎著　250

42《高砂王國》
達利・卡給／田敏忠◎著　360元

43《泰雅故事》
游霸士◎著　230元

44《迷霧之旅》
瓦歷斯・諾幹◎著　180元

55《台灣原助民傳統織布》
王蜀桂◎著　350元

56《我在部落的族人們》
啟明・拉瓦◎著　200元

57《泰雅傳統文物誌》
卡義・卜勇、黑帶・巴彥◎著　250元

58《太陽迴旋的地方：卜袞雙語詩集》
卜袞・伊斯瑪哈單・伊斯立瑞◎著　250元

國家圖書館出版品預行編目資料

太陽神的子民／陳英雄著；
——初版.——台中市：晨星發行，2010.10
面；公分.——（台灣原住民；059）

ISBN 978-986-177-412-1（平裝）

1.原住民 2.排灣族 3. 文學

863.857   99013799

台灣原住民 59

太陽神的子民

作者	陳 英 雄
主編	徐 惠 雅
編輯	張 雅 倫
美術編輯	林 姿 秀
封面設計	言 忍 巾 貞 工 作 室
校對	張 惠 凌

負責人	陳銘民
發行所	晨星出版有限公司
	台中市407工業區30路1號
	TEL：04-23595820 FAX：04-23550581
	E-mail：morning@morningstar.com.tw
	http：//www.morningstar.com.tw
	行政院新聞局局版台業字第2500號
法律顧問	甘龍強律師
承製	知己圖書股分有限公司 TEL：（04）23581803
初版	西元2010年10月23日

總經銷	知己圖書股分有限公司
	郵政劃撥：15060393
	（台北公司）台北市106羅斯福路二段95號4F之3
	TEL：（02）23672044 FAX：（02）23635741
	（台中公司）台中市407工業區30路1號
	TEL：（04）23595819 FAX：（04）23597123

定價280元
ISBN 978-986-177-412-1
Published by Morning Star Publishing Inc.
Printed in Taiwan

財團法人│國家文化藝術│基金會
National Culture and Arts Foundation 贊助

◆讀者回函卡◆

以下資料或許太過繁瑣，但卻是我們了解您的唯一途徑
誠摯期待能與您在下一本書中相逢，讓我們一起從閱讀中尋找樂趣吧！

姓名： 別：□ 男□ 女生日： / /

教育程度：＿＿＿＿＿＿＿＿＿＿＿＿＿＿＿＿＿＿＿＿＿＿

職業：□ 學生 □ 教師 □ 內勤職員 □ 家庭主婦

□ SOHO族 □ 企業主管 □ 服務業 □ 製造業

□ 醫藥護理 □ 軍警 □ 資訊業 □ 銷售業務

□ 其他＿＿＿＿＿＿＿＿＿＿＿＿＿＿＿＿＿

E-mail：＿＿＿＿＿＿＿＿＿＿＿＿＿＿ 聯絡電話：＿＿＿＿＿＿＿＿

聯絡地址：□□□＿＿＿＿＿＿＿＿＿＿＿＿＿＿＿＿＿＿

購買書名：太陽神的子民＿＿＿＿＿＿＿＿＿＿＿＿

‧本書中最吸引您的是哪一篇文章或哪一段話呢？＿

‧誘使您購買此書的原因？

□ 於＿＿＿＿＿書店尋找新知時□ 看＿＿＿＿＿＿報時瞄到□ 受海報或文案吸引

□ 翻閱＿＿＿＿＿雜誌時□ 親朋好友拍胸脯保證□＿＿＿＿＿電台DJ熱情推薦

□ 其他編輯萬萬想不到的過程：＿＿＿＿＿＿＿＿＿＿＿＿

‧**對於本書的評分？**（請填代號：1. 很滿意 2. OK啦！ 3. 尚可 4. 需改進）

封面設計＿＿＿＿＿ 版面編排＿＿＿＿＿ 內容＿＿＿＿＿ 文／譯筆＿＿＿＿＿

‧美好的事物、聲音或影像都很吸引人，但究竟是怎樣的書最能吸引您呢？

□ 價格殺紅眼的書□ 內容符合需求□ 贈品大碗又滿意□ 我誓死效忠此作者

□ 晨星出版，必屬佳作！ □ 千里相逢，即是有緣 □ 其他原因，請務必告訴我們！

＿＿＿＿＿＿＿＿＿＿＿＿＿＿＿＿＿＿＿＿＿＿＿＿

‧**您與眾不同的閱讀品味，也請務必與我們分享：**

□ 哲學 □ 心理學 □ 宗教 □ 自然生態 □ 流行趨勢 □ 醫療保健

□ 財經企管 □ 史地 □ 傳記 □ 文學 □ 散文 □ 原住民

□ 小說 □ 親子叢書 □ 休閒旅遊 □ 其他＿＿＿＿＿＿＿＿＿＿

以上問題想必耗去您不少心力，為免這分心血白費

請務必將此回函郵寄回本社，或傳真至（04）2359-7123，感
若行有餘力，也請不吝賜教，好讓我們可以出版更多更

‧**其他意見：**

編輯群，感謝您！

更方便的購書方式：

1　網站：http://www.morningstar.com.tw
2　郵政劃撥　帳號：15060393
　　　　　　戶名：知己圖書股分有限公司
　　請於通信欄中註明欲購買之書名及數量
3　電話訂購：如為大量團購可直接撥客服專線洽詢

詳細書目可上網查詢或來電索取。
04-23595819#230　傳眞：04-23597123
@morningstar.com.tw